회귀로

영웅독점

회귀로 영웅독점   **19**

초판 1쇄 인쇄일 2022년 05월 13일 | **초판 1쇄 발행일** 2022년 05월 19일

지은이 칼텍스 | **펴낸이** 곽동현 | **담당편집 팀장** 이범수
편집부 정요한 조혜진

펴낸곳 (주)조은세상 | 출판등록 제2002-23호
주소 서울특별시 동작구 동작대로1길 27 5층
TEL 02)587-2966 | FAX 02)587-2922
E-mail bukdu@comics21c.co.kr

칼텍스ⓒ2022
ISBN 979-11-391-0727-2 | ISBN 979-11-6591-494-3(set)
값 8,000원

칼텍스 퓨전 판타지 장편소설

회귀로

영웅독점

19

북두
(주)좋은세상

칼텍스 퓨전판타지 장편소설
FUSION FANTASY STORY

CONTENTS

Chapter 130.

반나절도 지나지 않은 시간.

소중한 것을 두고 떠나야 한다는 사실에 모두의 발길이 무겁고, 연신 고개를 돌려 청신을 바라봤다.

반면 나는 단 한 번도 돌아보지 않았다.

추억이 없어서도 아니고, 소중한 게 없기 때문도 아니다.

더 이상 미련을 갖지 않기 위해서.

청신을 버리기 정했기에, 뒤돌아보며 아쉬워해선 안 됐다.

그렇게 당당히 걸음을 옮겨 성문을 나섰을 때.

나를 기다리고 있었던 것인지 아버지가 다가왔다.

예상보다 더 무덤덤해 보이는 모습.

그러나 속이 새까맣게 타들어 가고 있음은 굳이 묻지 않아도 알 수 있었다.

그렇기에 나는 당당한 모습을 보여 줘야만 했다.

"너무 걱정하지 마세요. 꼭 승리하고 돌아오겠습니다."

"당연한 거 아니냐? 내 아들이라면 그 정도는 거뜬히 해내야지."

내 의도를 눈치채셨는지 아버지 또한 농담으로 맞받아치셨다.

"만약 못 이기거든 나를 볼 생각일랑 버려라. 어디 가서 내 아들이라고 하지도 말고."

"지금도 굳이 말하고 다니지는 않습니다만."

"그건 좀 서운한데? 아무리 잘나간다고 해도 자식 놈이 그러는 거 아니다."

"하하하, 농담입니다."

시답잖은 농담으로 마음속 부담이 조금은 줄어들었다.

뒤이어진 아버지의 미소는 마음 한편의 불안감 또한 사그라뜨렸다.

"네 말대로 이제 걱정하지 않고 기다리마."

어깨를 붙잡는 손길에서 나를 향한 믿음이 전해진다.

부디 다치지 말고 돌아오라는 염원도 함께.

그런 아버지의 마음에 미소로 답했다.

"네, 아버지."

"그래, 그럼."

아버지는 고개를 끄덕이는 것을 끝으로 피난민들의 뒤를 따랐다. 나는 그 모습을 물끄러미 바라보며 아버지의 등을 눈동자에 새겼다.

어쩌면 이것이 생의 마지막 인사일 수도…….

"후우!"

나는 급히 고개를 흔들며 호흡을 가다듬었다.

하마터면 부정적인 감정에 잠식될 뻔했다.

"그런 생각은 말자."

이기면 그만이니까.

그렇게 아버지를 보낸 나는 고개를 돌렸다.

피난민들을 지키기 위해 마지막까지 남아 있던 후발대들.

맡은 임무를 끝냈기에 이후의 명을 기다리고 있었다.

"나 때문에 다들 고생이군."

"아닙니다! 명령만 내려 주십시오!"

"그럼 미안하지만, 마지막까지 전속력으로 달려 주길 바란다."

청신과의 이별은 그렇게 끝이 났다.

이윽고 나는 후발대를 이끌고 적오가 차지했던 중앙 고원으로 향했다.

해가 지고 달빛만이 희미하게 길을 밝혔음에도 결코 속도를 늦추지 않았다.

선왕 신유철의 도움으로 국왕 전하가 무사히 수도를 벗어났다지만 아직 안심하기엔 이르다.

다른 이들은 알지 못하는 통로로 빠져나갔음에도 기습을 당했다는 것.

그리고 이 계획에 위대한 일곱 혈족 중 둘이 동원되었다는 것.

이것들이 의미하는 바는 하나였다.

'처음부터 작정하고 최선의 수를 뒀다.'

마치 이번 기회에 모두 쓸어버리겠다는 것처럼.

그렇기에 마음을 놓을 수가 없다.

첫 기습에서 살아남았을 경우까지 고려해 이중 삼중으로 함정을 파 놓았을지도 모르니까 말이다.

'제발 별일 없으셔야 할 텐데…….'

계속해서 걱정이 밀려들었지만, 최대한 평온을 유지하려 노력했다.

걱정한다고 변하는 건 없다. 그리고 신유민 전하를 마주하는 건 신평에 도착한 뒤에야 가능한 일이었다.

'지금은 무사히 신평에 도착하는 것만 집중하자.'

다른 이를 염려하다 내가 당해 버리면 끝이니까.

그렇게 달이 저물고 해가 떠오르며 새로운 날이 밝았을 무렵.

마침내 신평에 도착할 수 있었다.

그리고 나도 모르게 안도의 한숨을 내쉬었다.

'다행이다.'

신평은 과거 찾았을 때와 별반 다르지 않았다.

너무나도 평온한 광경. 어제 수도에서 벌어진 일을 꿈으로 착각할 만큼 대비되는 모습이었다.

그러나 내가 겪은 것은 지극히 현실이다.

이 말은 곧 아직 우리에게 기회가 남아 있다는 뜻이었다.

'수도의 소식이 전해졌겠지.'

청신만큼은 아니지만, 수도에서 가까운 곳에 자리 잡은 신평이다. 어제의 일을 전해 듣지 못했을 리 없었다. 내가 아는 박진범 가주님이라면 절대 가만히 있지 않았을 것이다. 그렇게 생각을 마친 나는 곧장 입구로 향해 문지기에게 호패를 보여 주었다.

"청신의 이서하다."

"오셨습니까?"

문지기는 곧바로 종을 쳐 신호를 보냈고, 굳게 닫혀 있던 신평의 문이 서서히 움직이기 시작했다.

"가주님께선 안에서 기다리고 계십니다."

"고맙네."

나는 즉시 부대장들에게 시선을 돌려 추가 지시를 내렸다.

"다들 고생 많았다. 나는 곧장 박진범 가주님을 만나 뵈러 갈 테니, 선발대와 합류해 휴식을 취하도록."

"네, 가주님."

그렇게 명을 내리고 문 쪽으로 고개를 돌리는 순간.

한 여자가 쏜살같이 뛰어나왔다.

작은 체구에 허리까지 기른 머리.

"어? 선배?"

박민아 선배였다. 숨을 헐떡거리며 달려온 그녀는 나를 발견하고는 눈을 동그랗게 떴다.

"이서하……."

그리고는 갑작스레 달려들어 내 품에 와락 안겼다.

예상치 못한 상황에 당황하는 것도 잠시.

나는 즉시 고개를 돌려 뒤따라오던 아린이를 바라봤다.

일종의 척수 반사였다.

'……!'

반응은 예상대로였다.

아린이는 싸늘한 얼굴로 품에 안긴 박민아 선배를 노려보고 있었다.

그럼에도 나는 차마 민아 선배를 밀어내지 못했다.

"……살아 있어서 정말 다행이야."

울먹이는 목소리와 함께 옷자락을 꽉 쥐는 손길.

품에 안긴 작은 체구에서 미세한 떨림이 전해져 왔다.

살아 있음을 확인한 것만으로 감격을 주체하지 못한다.

그만큼 나를 걱정해 줬다는 뜻인데, 차갑게 밀어내는 건 사람의 도리가 아니었다.

그래서 아린이의 반응은 잠시 뒤로한 채.

나는 선배의 어깨를 천천히 토닥여 주었다.

부디 나의 행동이 걱정으로 힘겨웠을 선배에게 위로가 되길 바라며.

　그렇게 잠시의 시간이 흘렀을 무렵.

　민아 선배가 황급히 나를 밀쳐 냈다.

　붉게 충혈된 눈. 그보다도 더 빨간 얼굴.

　그녀는 아랫입술을 깨문 채 주변을 둘러보더니 입을 열었다.

　"머, 멀쩡해 보이니 다행이네. 그럼……."

　그리고는 머리를 휘날리며 도시 안으로 들어간다.

　이봐요, 선배.

　불을 질러 놓고 그냥 가 버리면 어쩌자는 겁니까?

　아린이의 후폭풍을 나 혼자 어떻게 감당하라고?

　슬쩍 뒤돌아보니, 아린이의 얼굴은 차갑게 굳어 있었다.

　게다가 살기까지 감도는 눈빛은 저 멀리 달아나고 있는 민아 선배의 등에 꽂혔다.

　이 상황이 너무도 두렵다.

　그렇기에 뭐라도 해야 한다.

　그게 아니면 아린이가 선배를 죽일지도 모르니까.

　"……마, 많이 걱정했나 보네. 저 선배. 하하하."

　"알아. 그래 보여."

　낭패다. 그냥 가만히 있을걸.

　상혁이의 빈자리가 더없이 크게 느껴진다.

　그렇게 망해 버린 분위기에 안절부절못할 때였다.

"이서하!"

저 멀리서 누군가가 반갑게 부르며 달려오는 것이 보였다.

그를 바라보는 것과 동시에 마음속에 응어리졌던 무언가가 씻겨 내려가는 기분이 들었다.

"전하!"

다행히 무사하셨구나.

반가운 마음에 나 또한 전하에게 달려갔다.

"몸은⋯⋯."

혹여 어디 다치신 곳은 없으신지.

어찌 국왕이 체통을 지키지 않고 달려오시느냐.

하고 싶은 말이 많았다.

그런데 전하의 한마디는 그 모든 걸 막아 버렸다.

"왕국 법상 양반 가문은 중혼할 수 있네."

"⋯⋯네?"

"지금 자네에게 필요한 정보 같아서."

"전혀 도움이 안 될 것 같은데요⋯⋯."

나도 모르게 뒤돌아볼 뻔했으나 꾹 참았다.

본능이 지금 아린이를 보면 안 된다고 외쳐 댔기 때문이다.

머릿속이 새하얘져 어찌할 바를 모를 때.

전하가 씁쓸한 미소와 함께 말을 이었다.

"이제부터 암담한 이야기만 해야 할 거 같아 던져 본 농담이었는데, 오히려 험악한 분위기를 만들어 버렸구나."

"······일단 안으로 들어가시죠."

그렇게 전하와 함께 박진범 가주님을 만나러 가는 길.

'후······.'

저택이 가까워질수록 마음은 더없이 무거워졌다.

전하의 말대로 이제부터는 말하고 싶지 않은, 듣기도 싫은 이야기만 해야 할 테니까.

그렇다고 피해서는 안 된다.

당당하게 마주하고 헤쳐 나가야 한다.

더 나은 내일을 위해.

사랑하는 사람들의 미래를 지키기 위해.

'마지막에는 기필코······.'

내가 승리하리라.

신유민 전하를 따라 도착한 관청.

안쪽에 자리 잡은 회의실에 들어서자 수많은 사람들의 모습이 시야에 들어왔다.

철혈대를 대표해 참석한 도공 최씨와 제2군단의 요직에 앉아 있는 선인들.

그들 너머로 뭔가를 속삭이는 두 사람이 보였다.

이윽고 그들 또한 나와 전하가 도착했음을 확인했고, 한 사람이 벌떡 일어나 다가왔다.

"이서하 선인."

그리고는 양팔을 크게 벌려 나를 와락 안아 준다.

"고생 많았네."

"……감사합니다. 가주님."

나를 걱정하셨던 건 이분 역시도 마찬가지였던 것이다.

큰 덩치에 가려졌을 뿐이지, 다른 이들처럼 여린 속내를 가지신 분이었다.

그러나 가주님의 반응은 민아 선배의 것과 확연히 달랐다.

어깨를 잡아 시선을 마주한 그는 어느새 진중한 얼굴이 되어 있었다.

"하고 싶은 이야기는 많지만, 그럴 수 없음을 용서하게."

그리곤 상석을 가리키며 말을 이어 갔다.

"당장 보고를 해 줄 수 있겠나?"

"물론입니다."

나는 고민할 필요도 없다는 듯 고개를 끄덕였다.

모두가 반대해도 그럴 생각이었다.

지금의 상황은 녹록지 않았으니까.

그렇게 자리로 이동하는 사이, 내 입가엔 슬며시 미소가 머금어졌다.

'역시 겉으로 보이는 게 다가 아니라니까.'

신평의 수장이 맞나 의아할 만큼 언행이 가볍고 기분에 충실하신 분이다.

평소였다면 큰 시름을 덜었다며 당장 한잔하자고 끌고 가셨을 것이다.

하지만 이 순간 그에게선 한 점의 경박함도 찾아볼 수 없었다.

현재의 그는 신평의 호랑이 그 자체.

역시 가주는 아무나 될 수 있는 게 아니었다.

'나 역시 그래야 되겠지.'

내 말과 행동이 곧 청신이 된다.

그러니 그에 걸맞은 자세를 갖춰야 하는 게 가주로서의 본분.

나는 당당한 걸음으로 상석을 향해 나아갔다.

그리고 신유민 전하의 바로 옆자리에 선 뒤 입을 열었다.

"수도 전투에 대해 보고드리겠습니다."

겪은 사실 그대로를 밝힐 뿐임에도 한마디를 내뱉는 것조차 힘겹게 느껴졌다.

하지만 이마저도 이겨 내지 못해선 앞으로 나아갈 수 없다.

그렇기에 나는 한 차례 목을 가다듬은 뒤 다시금 입술을 뗐다.

"수도 방어는 실패. 완전히 파괴되었습니다."

그때 백성엽 대장군이 물음을 던졌다.

"무신님은 어디 계신가?"

대장군이 왜 이를 묻는지는 이해한다.

도공 최씨를 통해 전해 들었을 테니 전말에 대해선 모를 리가 없었다.

그럼에도 되묻는 이유는 마음 한구석에 자그마한 기대가 남아 있기 때문이다.

"……정말로 돌아가신 것이냐?"

그런 기대는 비단 백성엽 대장군에게만 해당되지 않았다.

회의에 참석한 모든 이들이 기대 어린 시선을 보내며 내 입이 열리기만을 기다리고 있었다.

모두가 같은 심정인 것이다.

두 귀로 똑똑히 들었음에도 부정해 본다.

무신이 죽었을 리 없다며 거부한다.

이를 받아들이는 순간, 극한의 허무함이 찾아올 테니까.

더 이상 의지할 존재가 없다는 것 공포로 온몸을 떨게 될 테니까.

나 역시도 그렇지 않았던가.

왕국의 무사들에게 있어 무신은, 할아버지는 그런 존재였다.

'하지만.'

우리가 마주한 현실은 호락호락하지 않다.

헛된 희망을 불어넣으면 오히려 더 큰 좌절을 겪게 될 것이다.

그러니 바라는 바대로 말해 줄 수 없다.

"사실입니다."

저들의 희망을 무참히 밟아 줘야 한다.

보다 냉정히 현실을 관조하고 닥쳐올 위기를 대비하기 위해.

"할아버지와 선왕 전하 두 분 모두 전사하셨습니다."

두 얼굴을 감싸고 고개를 숙인 박민아 선배와 충격에 빠진 장군들.

"그렇군."

백성엽 대장군 또한 체념한 듯 고개를 떨궜다.

뒤이어 소름 돋는 적막이 회의장 안을 가득 채웠다.

애써 외면해 왔던 진실을 마주하게 되었기 때문이다.

뒤이어 들이닥친 심적 압박과 충격에 허우적대고 있겠지.

안정을 되찾기까지는 어느 정도 시간이 필요할 것이다.

그러나 그런 여유를 가질 때가 아니었다.

찰나의 시간마저 낭비해선 안 된다.

스스로 헤어 나오지 못한다면, 강제로 끄집어내 줄 수밖에.

"다음으로, 양측의 전력 손실에 대해 말씀드리도록 하겠습니다."

무신이 죽었다는 것에 슬퍼할 틈이 없다.

그보다 더 두려워해야 할 일들은 차고 넘쳤으니 말이다.

"수도에 쳐들어온 것은 수많은 마물과 위대한 일곱 혈족이라 불리는 나찰 여섯입니다. 그로 인해 수도는 폐허가 되었고, 전신과 무신이라는 양 기둥을 잃었습니다."

왕국의 중심이 무너졌다.

손에 쥐고 있던 최강의 패 또한 순식간에 사라져 버렸다.

"손실이 막대하다는 것에 이견은 없습니다."

누구도 입을 열지 못했다.

현실을 받아들이기 위해 최선을 다하는 것만으로도 벅찰 것이다.

그만큼 왕국이 입은 손해는 극심했다.

무사들의 자랑이자 모든 것을 해결해 줄 것이라 믿었던 뒷배가 사라졌다.

과거 나찰과의 전쟁에서도 버텨 냈던 수도는 처참히 짓밟혔다.

그렇기에 암담하고 불안할 것이다.

상대는 무신마저 막아 내지 못한 전력이다.

그들을 상대로 싸워야 되니 압도적인 절망에 휩싸여 전의를 품는 것조차 어려울 것이다.

그렇게 침묵으로 일관하는 이들을 바라보고 있자니, 한 명언이 머릿속에 떠올랐다.

'이관규천(以管窺天).'

대롱 구멍으로 하늘을 엿보다.

회의실의 모두가 그러고 있었다.

나무에 시선이 꽂혀 거대한 숲까지 바라보지 못했다.

작은 것에 사로잡혀 전체를 살피지 못하는 우를 범하고 있는 것이다.

그렇기에 그들이 망각하고 있는 사실을 되새겨 주었다.

"모두 고개를 드십시오. 포기하기엔 아직 이릅니다."

신이 아닌 이상 한계가 있는 건 당연하다.

하지만 좌절해선 안 된다.

찰나간 휴식을 위해 잠시 주저앉아 쉬는 것이어야 한다.

우리에겐 멈춰선 안 되는 의무가 있으니까.

"두 영웅의 희생을 헛되게 만들어선 안 됩니다."

선왕 신유철과 무신 이강진.

두 사람은 무의미하게 삶을 마치지 않았다.

발난타(跋難陀)를 비롯해 수많은 마물을 몰살시켰다.

게다가 위대한 일곱 혈족 중 두 나찰을 제거했다.

두 사람은 죽는 그 순간에도 왕국의 활로를 열어 놓은 것이다.

"두 분께서 남겨 두신 희망의 불씨를 잊지 마십시오."

진정으로 두 사람의 죽음을 애석하게 생각한다면.

앞으로 무엇을 해야 될지는 모두가 잘 알고 있을 테니까.

"이상, 보고를 마치겠습니다."

그 말을 끝으로 나는 착석했다.

내게 주어진 역할은 여기까지.

소임을 다했으니, 다음 차례를 지켜보면 될 일이었다.

"그럼 지금부터 전략 회의를 시작한다."

뒤이어 백성엽 대장군이 자리에서 일어나 회의를 이어 나갔다.

"보고대로 수도는 함락되었으며 무신님과 선왕 전하께선 전사, 제1군단은 사실상 소멸됐다. 하지만 이서하 찬성사의 말대로 절망만 가득한 건 아니다."

백성엽 대장군은 여전히 희망의 끈을 놓지 않았다.

최후의 최후까지 나찰에 항거했던 회귀 전과 동일하게.

정말이지, 이 사람을 같은 편으로 만든 것은 몇 번을 칭찬해도 부족하지 않았다.

"지금부터 신평을 거점으로 군을 규합한다. 최종 목표는 수도의 탈환과 은월단의 존재를 멸(滅)하는 것."

회의실의 누구도 입을 열지 않았다.

팔짱을 낀 채 묵묵히 대장군을 바라볼 뿐이었다.

되갚아 주는 건 당연한 일이었으니까.

그렇게 목표 설정에 이견이 없음을 확인한 백성엽 대장군은 그에 따른 논의를 이어 갔다.

"지금까지의 정보를 종합한 결과, 은월단의 근거지는 북대우림에 있을 것으로 추정된다. 그러니 토벌에 대한 지혜를 모아 주길 바란다."

그때였다.

"모두의 지혜를 모은들 작전이 나오겠습니까?"

박진범 가주, 아니, 제2군단장님이 손을 들며 반론을 제시했다.

"그게 무슨 뜻이지?"

백성엽 대장군이 미간을 찌푸리며 되물었다.

"박 군단장, 추가적인 설명을 부탁하네."

"지피지기면 백전백승이라 했습니다. 적은 우리에 대해 잘 아는 반면, 우리는 저들의 전력을 모르지 않습니까? 안 그렇습니까, 전하?"

박진범 군단장님은 마지막 순간 화살 끝을 전하에게 돌렸다.

그 언행이 무슨 의미를 담고 있는지 못 알아챌 전하가 아니었다.

"전 문하시중이 그들과 함께하고 있으니, 부정할 수 없겠군요."

신유민 저하가 고개를 끄덕이며 동의를 표하자, 박진범 군단장님은 자신의 뜻을 계속 이어 갔다.

"아무리 머리를 굴려 봤자, 적의 규모와 정확한 본거지를 인지하지 못한 상태에선 쓸 만한 작전이 나올 리도 없습니다. 게다가 북대우림이 목적지라면, 더더욱 가볍게 여길 수 없는 일입니다."

두 차례에 걸쳐 원정에 나섰으나, 모두 실패로 돌아갔다.

그만큼 북대우림은 미지의 장소였고, 부담감을 느낄 수밖에 없다.

제아무리 대규모 군을 이끌고 간들 작전이 성공한다는 보장은 없었으니 말이다.

"괜히 머리를 싸매 봤자 시간 낭비이지 않겠습니까? 그러니……."

박진범 군단장님이 돌연 나에게로 시선을 돌렸다.

"작전을 세우는 건 우리 중 누구보다 은월단을 잘 아는 이서하 선인에게 맡겨 보면 어떻겠습니까?"

전혀 예상치 못한 말에 순간 머릿속이 하얘져 버렸다.

부담스러울 정도로 믿음 가득한 눈빛.

그 눈빛에 뭐라 반문하지 못할 때, 백성엽 대장군이 고개를 끄덕였다.

"일리가 있네. 그럼 이서하 선인에게 묻지. 할 수 있겠는가?"

대체 뭐가 어떻게 돌아가는 것일까?

왜 내가 회의의 중심에 서 있고, 저렇게 기대감 가득한 눈빛으로 바라보는 것일까?

'대장군과 가주님의 생각을 모르는 건 아닌데…….'

두 사람의 눈에는 매우 뛰어난 전략, 전술가로 비춰졌을 것이다.

대곤산맥, 아미숲, 요령성 등 수많은 전투에서 활약하며 결과를 만들어 냈으니까.

하지만 그것들은 내가 뛰어나기에 거둔 성과가 아니었다.

'미래를 모두 알고 있었던 덕분이지.'

한마디로, 내 활약 전부가 사기나 다름없다.

저들이 생각하는 만큼 훌륭한 전략가가 아니란 말이었다.

그리고 이제는 그 이점도 없어졌다.

내가 알던 미래와는 완전히 다른 상황을 맞이하게 됐으니 말이다.

'그런데도…….'

할 수 없다고 거절하지 못했다.

아니, 그럴 수 없었다.

나는 할아버지와 신유철 전하의 의지를 이어받았다.

이제는 두 사람 대신 왕국을 지탱하는 기둥이 된 것이다.

그리고 군단장님의 말대로 이 세상에서 은월단과 나찰들에 대해 가장 잘 아는 존재는 나밖에 없다.

작전을 세울 적임자는 나뿐이라는 것이다.

나는 자리에서 일어나 모두의 시선을 당당히 받아들였다.

"해내겠습니다."

미래를 모를 뿐이지, 과거에 체득한 정보는 여전히 유효했다.

회귀 전 알파를 상대로 수많은 작전을 펼치기도 했으니까.

'압도적인 전력 차에 성공한 적도 없었고, 결국 죽어 버렸지만.'

그때와는 다를 것이다.

회귀 전과는 확실하게 다르니까.

'지금까지 해 온 것을 믿자.'

원래라면 죽었어야 할 이들이 여전히 살아 있다.

절망만이 가득했던 곳곳에 희망의 싹이 움트고 있다.

'할 수 있다.'

이때를 위해 진행해 온 계획들도 있지 않던가.

미래를 바꾸는 게 아예 불가능한 것도 아닐 것이다.

머리를 싸매면 어떻게든 수가 나오겠지.

그렇게 결론을 내린 나는 작게 한숨을 내쉰 뒤 입을 열었다.

"그럼 작전을 세우기에 앞서, 몇 가지 정보를 공유하겠습니다."

가장 먼저 베타.

무력의 강함은 알 수 없으나, 그보다 더욱 무서운 건 따로
있었다.

바로 그녀가 나찰로 타고난 요술로 마물을 조종하는 것이다.

소수 인원의 맞대결이면 모를까, 다수의 격돌이 펼쳐질 상
황에서 마물의 존재는 까다로울 수밖에 없었다.

그러니 위대한 일곱 혈족 중 최우선적으로 처리해야 하는
대상이었다.

다음으로 언급한 이는 로.

인간의 무공을 사용하는 입신경 초입 경지이며, 약선님이
약까지 빨았음에도 버텨 낸 강자.

하지만 한쪽 팔이 떨어져 나갔기에 이전만큼의 실력을 보
이지 못할 것이란 설명을 덧붙였다.

세 번째는 람다였다.

솔직히 이자에 대한 정보는 명확하지 않았다.

요술은 인간을 조종할 수 있다는 것 정도?

신유철 전하에게 들은 바에 따르면, 엡실론을 죽인 장본인
이라 했다.

아니, 흡수해 품었다고 표현하는 게 맞겠지.

어쨌든, 자세히 알지 못하는 이상 더욱 조심할 필요가 있었다.

"마지막으로 알파입니다. 위대한 일곱 혈족에게 서열이 있

다면, 그 최고점에 있다 해도 과언이 아닌 나찰입니다. 그리고 제가 알고 있는 한에서 알파의 요술은……."

거기까지 설명한 나는 잠시 뜸을 들였다.

어떻게 보면 최고에 걸맞은 요술이라고도 할 수 있었으니 말이다.

"예지안(豫知眼)입니다."

역시나 백성엽 대장군이 눈살을 찌푸리며 예상했던 반응을 보였다.

"잘 이해가 가지 않는군. 설명을 덧붙여 줄 수 있겠나?"

"단어 그대로 미래를 보는 눈이라고 생각하시면 됩니다."

예지안(豫知眼).

경험한 내용을 토대로 내가 붙인 이름이었다.

회귀 전 알파와 맞붙을 때면, 놈은 내 모든 노림수를 무위로 만들었다.

아슬아슬한 선에서 빠져나가는 것을 반복하면서.

그 모습을 수없이 접하고 나서야 알파의 능력을 깨달을 수 있었다.

놈은 미래를 보고 움직이는 것이라는 걸.

"이서하 찬성사, 그러면 심각한 문제가 아닌가?"

박진범 군단장님이 턱을 쓰며 난처롭다는 얼굴로 바라봤다.

"미래를 본다면 우리가 무슨 짓을 하더라도 실패한다는 뜻이나 마찬가지일 테니 말이야."

다른 이들도 표정이 어두운 것으로 보아, 군단장님과 같은 생각인 듯했다.

당연한 일이었다. 상대편에 미래를 보는 자가 있다면 이렇게 회의를 할 이유도 없을 테니까.

분명 이렇게 생각하는 사람도 있을 것이다.

그러니 오해가 눈덩이처럼 불어나도록 내버려 둘 순 없었다.

"염려하시는 것처럼 그렇게 거창한 건 아닙니다. 모든 미래를 볼 수 있다는 뜻은 아니니까요. 알파가 예지할 수 있는 건 오직 가까운 미래로, 길게 잡아 봤자 경각(頃刻) 정도입니다. 물론 아주 가까운 미래라 하더라도 모든 노림수를 보고 대응한다는 것은 사실입니다."

모두를 알 수 있었다면 애초에 내가 파 놓았던 함정에 걸릴 리가 없겠지.

물론 확신할 수 있는 건 아니다.

내가 듣고 경험한 것들을 종합해 내린 추측일 뿐이니까.

놈은 단 한 번도 진정성을 내비친 적이 없었다.

어쩌면 함정에 빠졌던 것도 인간들의 장단에 맞춰 일부러 당해 준 것일지도.

경각이라 가정보다 더 많은 것을 볼 수 있을지 모른다.

하지만 나는 구태여 이를 밝히지 않았다.

오히려 이 자리의 이들을 불안에 빠뜨릴지도 몰랐으니까.

그리고 수많은 정보와 경험을 토대로 마련한 것이니, 아예 틀린 정보도 아니다.

믿어 보자. 어차피 그 외에는 다른 방도도 없지 않나.

"지금까지가 현재 살아남은 위대한 일곱 혈족들에 대한 설명이었습니다. 이 밖에도 가볍게 여겨선 안 될 적들은 수없이 많습니다."

전에 비할 수 없을 만큼 급성장한 백야차. 그리고 개인의 무력은 약하나 죽은 자를 일으키는 요술로 전쟁 시엔 가장 요주의해야 할 샨다. 베타 휘하의 마물들과 북대우림을 벗어나 제국의 마수들까지.

전황을 뒤집을 존재들은 세는 게 머리 아플 정도로 지천에 깔려 있었다.

"……."

또다시 회의실의 모두가 침묵했다.

누군가 작게 신음하는 소리도 들린다. 정작 말한 나로서도 절망적이라 느껴지는데, 저들의 심정은 오죽할까.

그러나 다른 이들과 달리 두 사람만큼은 차분한 얼굴로 나를 바라보고 있었다.

"덕분에 부족한 부분들을 채웠구나."

신유민 전하는 은은한 미소를 지으며 만족해하셨다.

나찰을 상대함에 있어 요술을 파악하는 것은 무엇보다 중요한 요소였다.

물론 알고 있다고 해서 문제가 해결되는 것은 아니다.

전하는 절망적인 상황 가운데서도 침체된 사기를 끌어올리려 분전하시는 것이다.

그리고 그런 전하와 함께 별다른 반응을 보이지 않았던 한 사람.

"충분히 이해했네. 그에 따른 방법 또한 생각해 둔 것이겠지?"

상대를 파악하고 있다는 것은, 이를 공략할 계획까지 염두에 두고 있다는 뜻.

백성엽 대장군은 그 점을 놓치지 않은 것이다.

"한 가지 방법밖에 없지 않습니까?"

"정공법인가?"

"그렇습니다."

전장이 북대우림이라는 점을 고려하면, 소규모의 기습 공격은 무의미했다.

각개 전투는 오히려 왕국의 피해만 증가시킬 뿐이며 어떤 이점도 존재하지 않으니 말이다.

"군단장님의 말씀대로 은월단은 왕국의 전력을 훤히 내다보고 있을 겁니다. 하지만, 과연 완벽하게 알고 있다고 확신할 수 있을까요?"

신유민 전하와 백성엽 대장군이 내 진의를 금세 눈치챘는지 고개를 끄덕였다.

철두철미하게 남들을 속여 오며 왕국의 내부 사정을 훤히 꿰뚫었던 정해우다.

그러나 결국엔 왕국을 제 발로 떠났다.

그 선택으로 인해 은월단은 발목이 잡히게 될 것이다.

"정해우는 분명 왕국의 전력을 과소평가하고 있을 것입니다."

목령인과의 협력은 알아챘겠지만, 그들의 규모를 비롯해 상혁이의 성장까진 파악하지 못했을 것이다.

두 궁신이 만나게 된 것 역시도.

거기에 만백산에선 제국의 황자가 세를 모으고 있고, 은악에선 태양석 검 양산이 한창이다.

"그러니 지금이 절호의 기회입니다. 저들이 방심하고 있을 때 모든 전력을 한 점에 모아 단숨에 섬멸해야 합니다."

현 시점 최선이자 유일하게 취할 수 있는 전략은 적을 일거에 일망타진하는 것.

그 외의 것들은 모두 재고할 필요조차 없었다.

"모두 힘을 합쳐 최후의 일전을 벌입시다."

작전 같지도 않은 작전에 백성엽 대장군은 씁쓸하게 말했다.

"피해가 크겠군."

백성엽 대장군의 표정엔 그림자가 드리워졌다.

전쟁에서 희생은 불가피하다.

문제는 앞으로 상대해야 할 존재들은 인간이 아니라는 것.

수많은 마물과 마수만으로도 벅찬 상황에 위대한 일곱 혈족이 포함된 나찰까지 상대해야 한다.

"정말 그것 말고는 방법이 없는 것인가?"

무사들의 전투는 단순하다.

어느 쪽이 더 높은 경지의 고수를 보유하고 있느냐가 성패를 좌우하니 말이다.

절대적인 고수 한 명이 만 명의 무사를, 아니 백만의 무사도 벨 수 있으니까.

그런데 적들은 무신조차도 막아 내지 못한 알파를 보유하고 있다. 전면전을 벌일 시, 극심한 피해가 뒤따를 것은 당연한 일이었다.

그런 대장군의 고민을 모를 내가 아니었다.

"알파에 대해서는 너무 걱정하실 것 없습니다."

"걱정할 것 없다니?"

"놈은 제가 잡을 것이기 때문입니다."

"……가능하겠는가?"

대장군이 못 믿겠다는 반응을 보이는 것도 충분히 이해한다.

나 같아도 그랬을 테고, 지금의 상태로 불가능한 건 부정할 수 없었으니까.

하지만 현재 그렇다는 것이지, 앞으로도 그럴 것이라 생각하면 오산이다.

나에게는 약선님이 전해 준 생환과 사환을 포함해 남은 수가 몇 가지 더 존재했다.

시간만 주어진다면 반드시 이길 수 있으리라.

"가능하게 만들 것입니다. 대신 대장군님과 다른 고수분들께서 알파를 제외한 나찰들을 맡아 주셔야 합니다."

나는 단호히 장군들 하나하나를 응시하며 물었다.

"다들 이 무식한 전략을 따를 준비가 되셨습니까?"

작전의 주요 골자는 북대우림으로 우르르 몰려가 전쟁을 벌인다는 것.

내가 말해 놓고도 어이가 없는 내용이다.

게다가 할아버지마저 어쩌지 못한 알파를 나 홀로 베겠다고 했으니, 어떤 반응이 나올지는 깊게 고민할 필요도 없었다.

지금껏 승승장구하며 무시할 수 없는 성과를 거둔 선인.

그러나 자신들에 비하면 코흘리개 어린아이와 다를 바 없는 나이였다. 그간의 성과로 자만에 빠져 내뱉은 치기 어린 허풍이라 여길지도 모른다.

아니나 다를까.

"이서하 선인……."

역시나 박진범 군단장님이 굳은 얼굴로 일어나 곁으로 걸어왔다. 그리고는 나의 어깨를 잡으며 말했다.

"감동했네."

그래, 감동할 수밖에…….

"……네?"

뭐지? 이 반응은?

군단장님은 흡족하다는 듯 껄껄 웃었다.

"참으로 신평스러운 전략이군."

신평스러운 게 뭔데?

뭐라 반문할 새도 없이 군단장님은 제장들을 돌아보며 외쳤다.

"자고로 싸움이란 정정당당하게 힘을 겨뤄야 하는 법. 안 그런가!"

"군단장님의 말이 맞습니다!"

하나둘 자리에서 일어나며 외치는 장군들.

그들은 내 터무니없는 계획을 한 치의 고민도 없이 받아들였다.

'……뭐지? 이 찝찝함은?'

별다른 반론 없이 이해해 준다는 건 심히 감사할 일이다.

당연히 미친놈 바라보듯 대할 줄 알았으니까.

그런데 왜 속이 답답하고 석연치 않지?

얼마 지나지 않아, 이런 상황이 벌어진 이유를 깨달을 수 있었다.

'그러고 보니, 원래 이런 사람들이었지.'

잠시나마 가주이자 무사로서의 면모를 엿보이긴 했지만.

대다수가 신평에 속한 이들이며 박진범 군단장님과 비슷한 성향을 갖고 있었다.

좋게 표현하면 대장부이고, 나쁘게 말하면 단순 무식.

뭐, 모로 가도 목적지에만 도달하면 되는 일이니 이 또한 나쁠 건 없겠지.

나는 내 역할에만 충실하면 될 테니까.

"그럼 지금부터 전쟁 준비에 들어갑니다."

알파를 벤다.

그것이 회귀 전부터 정해 놓은 내 인생 마지막 목표였다.

그리고 그 꿈을 이룰 수 있을 상황이 다가왔다.

지금의 나라면 가능할지도 모른다.

아니, 가능하게 만들겠다.

무슨 수를 써서라도.

베타와 조우한 직후.

마물들의 수도 침공을 묵묵히 바라보던 백야차는 이내 북대우림 쪽으로 발걸음을 옮겼다.

그렇게 백야차가 숲 초입에 들어서고 얼마 지나지 않아 나무에 기대어 앉아 숨을 고르고 있는 사내를 발견할 수가 있었다.

이주원이었다.

무공의 무 자도 모르는 인간이었기에 고작 이 정도밖에 도망치지 못한 것이었다.

"돌아오신 걸 보니 일은 잘 해결됐나 보군요."

이주원은 지친 기색이 역력하면서도 밝게 웃었다.

"감사합니다. 덕분에 목숨을 건졌습니다."

"……."

대꾸할 가치도 없다는 듯 걸음을 옮긴 백야차는 발치까지 다가서선 이주원을 내려다봤다.

"쓸데없는 말은 집어치우고, 내 동생이 어디 있는지나 말해라."

"그럼요. 말씀드려야죠."

예상외로 이주원은 흔쾌히 고개를 끄덕이며 답을 꺼내 놓았다.

"동생분은 운성에 있습니다."

"……운성?"

순간 백야차는 미간을 찌푸리며 상대를 노려봤다.

생각지도 못한 장소였다.

그리고 운성은 넓다.

전쟁이 시작된 이상 동생을 수소문하고 다닐 여유는 없었다.

그리고 또 다른 문제는.

"이 새끼가…….."

실실 웃으면서도 속으론 다른 꿍꿍이를 품는 것이 이주원의 특징.

그런 이가 순순히 대답해 준 데에는 그만한 이유가 있었던 것이다.

"운성의 가주에게 보호해 달라고 맡겨 놓았습니다."

"……뭐?"

백야차가 치미는 분노를 참지 못하고 이주원의 멱살을 틀어쥐었다.

"분명 네놈만 아는 곳에 숨겨 두었다고 했을 텐데?"

"당연히 저만 아는 곳이었지요. 백야차 씨가 물었을 때 있었던 사람들 중에서는 말입니다."

이주원은 멱살을 잡히고서도 여전히 태연자약한 태도를 유지했다.

"그리고 그보단 안전하게 있다는 것이 중요하지 않겠습니까?"

"운성이 안전하다고 어떻게 장담하지?"

"운성의 가주가 직접 보호해 주는 것만큼 안전한 장소가 어디 있겠습니까?"

백야차는 어떠한 대꾸도 없이 이주원을 노려볼 뿐이었다.

원하는 바를 꺼내기 전에 장황한 설명을 늘어놓는 것이 이주원의 화법.

그러니 지금의 장난은 애써 무시했다.

이제 곧 본론을 꺼내 들 테니 말이다.

그렇게 분노를 애써 억누르며 침묵하자, 이주원이 계속해서 말을 이어 갔다.

"아, 어떻게 보면 그것도 안전하다고 할 수 없겠군요. 한백사는 자기 손에 들어온 물건을 가만히 내놓을 위인이 아니니까요."

그 순간, 백야차의 눈에 살기가 깃들기 시작했다.

물건.

그 한마디로 이주원이 원하는 바를 꿰뚫어 본 것이다.

나찰이건 기생이건 그 어떤 자도 같은 인간으로 상대하지 않는 자.

오로지 자신의 이익을 위한 객체로써 대하는 사람.

이주원이 그런 존재였음을 잠시 망각했던 것이다.

"그러냐?"

백야차가 무미건조하게 말하며 이주원에게 주었던 뿔을 회수했다.

"그럼 네 역할은 여기까지다."

더는 이 남자에게 휘둘릴 생각이 없었다.

동생이 운성에, 그리고 한백사의 수중에 있다면 더 이상 이주원과 함께할 이유는 없었다.

쓸모를 다했으니 폐기 처분할 차례였다.

"그럼 잘 가라."

그렇게 백야차가 손아귀에 쥔 모가지를 비틀어 버리려는 찰나.

"……괜찮겠습니까?"

목을 졸린 상태에서도 이주원은 여전히 미소를 머금고 있었다.

"……한백사를 상대로 혼자서 찾을 수 있겠습니까?"

"그딴 늙은이 죽여 버리면 그만이다."

"죽이면…… 안 되는 거 아닙니까?"

이주원의 입가에 자리한 미소가 더욱 진해졌다.

"그럼 동생과도 영영 이별하겠군요."

백야차의 손에 잠시 말성임이 깃들었다.

이주원의 말대로였다.

한백사를 제압하는 건 그리 어렵지 않다.

무공도 배우지 않은 노인네 따윈 당장이라도 제압할 수 있었다.

수많은 호위가 있다 한들 고작 한주먹 거리도 되지 않을 테니 말이다.

'문제는……'

백야차를 망설이게 만드는 건 세간에 알려진 한백사의 성정이었다.

철두철미하게 본인의 이익만을 좇으며 절대로 손해를 보지 않으려 한다.

더군다나 자신이 죽게 될 상황이라면 더더욱 본색을 드러낼 것이다.

절대로 자신의 부탁을 들어주지 않을 것이란 뜻이었다.

그런 고민이 찾아와 갈등을 겪을 무렵.

이주원은 비좁은 틈을 뚫고 들어와 유혹의 손길을 내밀었다.

"제가 도와 드리겠습니다."

"……"

"한백사의 마음이 동할 만한 것을 주고 백야차 님의 동생분을 받아 오는 겁니다. 어떻습니까?"

백야차는 생각에 잠겼다.

이주원이고 한백사고 믿을 수 있는 인물은 아니었다.

그렇다고 선택의 자유가 있는 것도 아니었다.

결국 자신은 검은 속내가 가득한 저 손을 잡을 수밖에 없었으니 말이다.

백야차는 이주원을 내팽개치며 말했다.

"좋아, 그럼 한 번 더 네놈에게 속아 주마."

이주원은 헛구역질을 하다 입을 닦으며 백야차를 돌아봤다.

"감사합니다."

"감사할 거 없다. 실패하면 바로 사지를 찢어 마수들에게 던져 줄 생각이니까."

백야차가 이주원을 선택한 이유는 단 한 가지.

최대한 기회를 많이 가져가기 위함이었다.

이주원이 실패하더라도 그를 죽이고 한백사와 직접 담판을 지을 수 있을 테니까.

"그럼 움직여라. 지금 당장 간다."

"……그럼요. 그래야죠."

드디어 동생에게, 하나뿐인 가족을 만날 수 있다.

백야차는 흥분해 격동하는 심장을 가라앉히며 천천히 운성으로의 걸음을 내디뎠다.

Chapter 131.

발난타의 습격 당시.

후암은 사방에 흩어져 있었다.

신유민 국왕이 천민 계급의 철폐를 천명한 시점부터 고관 대작들을 추적해 각자의 반응을 살펴야 했기 때문이다.

그때 운석이 떨어지기 시작했다.

사태의 심각함을 감지한 후암의 단원들은 저마다 생존을 도모하면서도 동시에 본연의 임무를 수행했다.

후암은 국왕 직속의 정보 부대.

근위대와 마찬가지로 후암에게 가장 중요한 임무는 국왕의 안전이었다.

45

그렇게 수많은 단원들이 위기 가운데서도 국왕을 찾을 무렵.

유현성 또한 수도 지하 통로에 들어서 왕궁으로 향했다.

그러다 얼마 지나지 않아, 그는 급히 움직이던 발걸음을 멈춰 세웠다.

바닥에 천 조각들이 드문드문 떨어져 있었던 것이다.

그 길을 따라 잠시 이동하던 유현성은 우뚝 서며 등을 돌렸다.

'방향과 지면의 발자국으로 국왕 전하는 대장군과 함께 빠져나가셨다.'

본의 아니게 후암의 최우선 임무가 완료되었다.

그렇다면 이제는 차후를 대비해야 할 때.

유현성은 즉시 왔던 길을 되돌아 어디론가 향했다.

이윽고 그가 모습을 드러낸 곳은 수도와 근방의 모든 길을 내려다볼 수 있는 장소.

유사시에 후암의 단원들이 모이기로 한 집결지였다.

유현성은 그곳에서 단원들의 합류를 기다리는 한편, 와중에도 사방을 바라보며 냉정하게 상황을 분석했다.

먼저 동문 밖에서 신평으로 향하는 일단의 무리가 보였다.

'전하께선 무사하시구나.'

거리가 멀어 확신할 수 없으나, 지금까지의 조건들을 조합하면 그럴 가능성이 높았다.

뒤이어 백성들을 이끄는 무사들이 한곳으로 몰려들 무렵, 거대한 충격과 함께 심장을 요동치게 만드는 결과가 눈에 들어왔다.

'……무신님께서 졌단 말인가?'

나찰들이 살아남은 것이었다.

그렇게 허망한 얼굴로 하루 종일 움직이지도 않고 수도만을 내려다보던 그의 뒤로 인기척이 느껴졌다.

대원들이 도착한 것이었다.

유현성은 그들을 슬쩍 돌아보았다.

고작 17명.

폐허가 된 수도와 같이, 수백이 넘던 후암도 겨우 명맥만유지한 것이었다.

하지만 유현성은 표정 하나 바꾸지 않고 세 대원을 가리킨뒤 품에서 종이 한 장을 꺼냈다.

"너희 셋은 지금 당장 신평으로 가 내 편지를 국왕 전하께전하고 전언을 가져오도록."

"네, 알겠습니다."

세 대원들이 순식간에 모습을 감추자, 유현성은 씁쓸한 얼굴로 나머지 단원들을 돌아봤다.

"너희들에겐 미안하다."

반면 단원들은 환한 미소로 답할 뿐이었다.

"멀리 가는 건 당연히 막내들이 해야 할 임무 아닙니까?"

"오랜만에 맞는 말 좀 하네. 고참이면 당연히 더 중요한 일을 맡아야지."

유현성이 지금 어떤 선택을 내렸는지 모두 아는 것이다.

그럼에도 불편한 내색은 그 누구도 내비치지 않았다.

"단장님, 고민도 걱정도 하실 필요 없습니다."

그들은 오히려 당장이라도 무너져 내릴 유현성을 지탱해 주었다.

"당신께선 그저 명만 내리시면 됩니다. 그것이 후암의 단장에게 주어진 역할입니다."

정보를 취합하고 다루는 과정에서 감정의 개입은 반드시 배제해야 한다.

지금같이 혼란한 상황에서도, 후암의 단장이기에 더더욱 굳건하게 서야 했다. 그래야만 그 휘하에 속한 자신들도 당당하게 설 수 있을 테니까.

그런 단원들의 마음이 절실하게 와닿았기에.

눈시울이 붉어진 유현성은 입술을 악물었고, 얼마 지나지 않아 원래의 모습을 되찾았다.

"지금부터 후암은 나찰의 동태를 감시한다. 최대한 먼 거리에서 살피되 한시도 눈을 떼지 말도록."

무신님을 이길 정도의 강자들이다.

섣불리 거리를 좁혔다가는 오히려 대원들의 목숨이 위태로워질 수밖에 없었다.

그러니 아쉬운 대로 멀리서나마 움직임을 관찰하며 정보를 취합해야 했다.

"그럼 움직여라."

"네, 단장님."

대원들의 뒷모습을 바라보던 유현성은 다시금 수도로 시선을 돌렸다.

하루 종일 응시하고 있었음에도 여전히 익숙해지지 않는 광경이었다.

이젠 공허만이 남은 수도를 내려다보며 한숨을 내쉬려는 찰나. 유현성의 뒤로 인기척이 느껴졌다.

임무를 떠났던 단원이 다시 돌아왔나 싶었지만.

"단장님."

뒤이어진 목소리는 여성의 목소리였다.

그것도 귀에 익을 만큼 많이 들어 본 자의 것이었다.

고개를 돌린 유현성의 시야에 한 여인의 모습이 포착되었다.

유현성은 의아하다는 듯한 얼굴로 상대를 응시했다.

"용케도 내 앞에 나타날 생각을 했구나."

얼굴에 커다란 화상 자국이 자리 잡은 여성.

한때는 동료였으나, 이제는 변명의 여지가 없는 변절자.

전가은이었다.

후암을 배신한 그녀가 단장의 앞에 당당히 모습을 드러낸 것이다.

"죽여 달라고 온 것이냐?"

날 선 물음에도, 전가은은 말없이 한쪽 무릎을 꿇을 뿐이었다.

유현성이 이렇게 나올 것이라곤 이미 예상하고 있었다.

그런데도 염치 불구하고 눈앞에 나타는 이유는 단 한 가지.

신유민이 만들 세상에 조금이라도 도움이 되기 위함이었다.

"……무례임을 알면서도 부탁드립니다. 다시 받아 주실 수 있겠습니까?"

전가은은 이마를 땅에 맞대며 더욱 자세를 낮췄다.

유현성을 그 모습을 굳은 표정으로 바라볼 뿐이었다.

여러 생각이 머릿속을 복잡하게 만들고 있었던 것이다.

'과연 무엇이 옳을 것인가.'

후암은 신뢰가 전부이며, 밑바탕에 자기희생이 깔려 있어야 한다.

그런 곳에 변절자를 다시 들이면 다른 이들 간의 신뢰까지 모두 무너뜨리는 꼴이 벌어질 수도 있었다.

평소였다면 일언지하에 거절했을 일이다.

그러나 지금은 한 사람의 인재가 귀중했다.

수백이 넘어가던 후암은 이제 스물도 남지 않았고, 현 상황에서 정보의 중요성은 거론하는 것 자체가 시간 낭비나 다름없었다.

하나의 대원도 아쉬운 지금 전가은이 제 발로 찾아온 건 오히려 두 손 들고 반길 일이었다.

'역설적으로 현 시점에선 가장 믿을 수 있는 단원이기도 하고.'

믿고 따르던 이주원은 홍등가를 버리고 도주했으며, 몸담 왔던 은월단은 사랑하는 거리를 파괴했다.

두 가지 모두 직접 목도했고 말이다.

원수나 다름없는 그들에게 복수는 못할망정 또다시 기대를 품을 만큼 어리석은 사람은 아니었다.

지금까지 봐 왔던 전가은은 그런 사람이었다.

이윽고 생각을 마친 유현성은 고개를 끄덕이며 입을 열었다.

"누구나 한 번쯤은 실수를 할 수 있다."

그리고는 전가은의 앞으로 걸어가며 말했다.

"더 열심히 해야 할 것이다. 네가 망친 것들을 만회하려면 말이야."

"……기회만 주신다면 꼭 속죄하겠습니다."

"그럼 일어나 임무를 받들어라."

전가은이 자세를 갖추기 무섭게 유현성의 명령이 떨어졌다.

"운성으로 가라."

계명과 신평에 대해선 별달리 걱정할 게 없었다.

그들은 완벽하게 국왕 전하를 지지하고 있었고, 소식을 접했을 때부터 전쟁 준비로 한창일 것이다.

반대로 운성은 어느 편에 섰다고 장담할 수 없었다.

언제나 더 유리한 쪽에 붙으며 이익만을 좇았으니 말이다.

그렇기에 방심해선 안 된다.

비록 전에 비해 세가 줄었다 하나, 한백사의 힘은 여전히 남아 있었다.

그가 어느 쪽에 개입하느냐에 따라 왕국의 운명이 달라진다는 뜻이었다.

"한백사의 행동을 주시하고, 혹 불온한 움직임을 보이거든 즉각 척살하라."

"명령을 받들겠습니다."

전가은은 작게 고개를 끄덕이며 대답함과 동시에 사라졌다.

유현성은 다시금 수도 쪽으로 시선을 돌렸다.

대원들에게만 위험한 임무를 맡기고 뒤에 빠져 있을 생각은 없다.

지금처럼 국가의 명운이 달린 일이라면 가장 앞장서야 하는 것이 단장의 의무가 아니겠는가.

그렇기에 유현성의 목표는 바로 알파.

무신님과 싸운 바로 그 나찰이었다.

알파를 감시한다는 생각만으로도 사지에 들어선 기분이었고, 온몸의 신경이 곤두서기 시작했다.

그럼에도 유현성은 작게 한숨을 내쉬며 천천히 걸음을 내디뎠다.

임무 중 죽는 것은 크게 개의치 않는다.

하지만.

"죽기 전에 아린이나 한 번 더 볼 수 있으면 좋으련만."

그 작은 소원 하나가 자꾸만 발걸음에 미련을 남겼다.

◆ ◆ ◆

신평(新坪).

전쟁에 돌입하기로 결정한 이후, 제2군단은 바쁘게 움직였다.

현 시점 승패를 가름할 가장 중요한 요소가 속도였기 때문이다.

'먼저 치는 쪽이 이긴다.'

은월단이 승기를 잡았음에도 공세를 이어 가지 못한 이유.

전력 공백을 보완하는 데 시간이 필요했던 것이다.

할아버지나 신유철 전하에게 입은 피해도 있지만, 베타가 보유하던 마물들의 대부분이 소멸되었으니까.

'어떻게든 힘을 비축하려 들겠지.'

왕국 내 혹은 제국에 남아 있을 마물들을 포섭한 이후에 본격적인 전쟁에 나설 것이다.

우리는 그 전에 먼저 치고 들어가야 한다. 본래의 전력을 되찾지 못한 지금 말고는 기회가 없었으니 말이다.

달리 말하면, 회귀 이후 뿌려 왔던 것들을 수확할 때라는 뜻이었다.

"지금부터 각 부대에 임무를 하달하겠습니다. 박민아 대장은 소수 정예를 이끌고 성산(聖山)으로 가 주십시오."

첫째로 목령인들에게 지원을 요청하는 것.

전에 비하면 완화되었다곤 하나, 인간의 성산 출입을 목령인들이 달가워할 리 없다.

그러니 박민아 선배는 사자(使者)의 역할을 맡기기에 더할 나위 없는 적격자였다.

전 정찰대장의 제자인 민주의 친언니.

그리고 현 대장군의 아들과도 긴밀한 연이 닿은 사람.

그녀가 나서 준다면 다른 이들보다 빠르게 결과를 만들어 낼 수 있을 것이다.

"어려우시겠지만, 잘 부탁드립니다."

"걱정하지 마십시오. 원하시는 바는 반드시 충족시켜 드리겠습니다."

민아 선배가 당찬 포부와 함께 떠나고, 나는 곧바로 철혈대 수장들을 돌아봤다.

과거 할아버지와 함께 전장을 누볐던 도공 최씨 등 세 노인.

그리고 죽을 운명을 벗어나 청신의 한 축을 맡게 된 육도검 이재민.

신구의 조화를 이룬 네 사람에게 중요한 임무를 하달했다.

"여러분들은 은악으로 향해 주십시오."

목령인의 합류 외에도 전쟁을 승리로 이끌기 위해 필요한 요소는 또 있었다.

병력을 확충했다면 그다음은 무사들이 사용할 무구를 마련할 차례.

현재 은악에선 최천약의 지휘하에 대장장이들이 비지땀을

흘리며 한 가지 일에 몰두하고 있었다.

대(對)나찰용 병기인 태양석 검의 양산에 말이다.

약하다 평가됐던 강도를 보강함과 동시에, 최천약의 기지로 태양석의 성능을 더욱 끌어올렸다.

회귀 전보다 더 높은 완성도의 태양석 검이 탄생한 것이다.

즉, 전투력 향상이 예상보다 높아질 것이라는 호조나 다름없었다.

현 시점 최대 전력이라 할 철혈대를 동원하는 것도 그 때문이었다.

태양석 검을 무사히 신평에 가져오기 위해.

"무엇보다 중요한 일이니, 잘 부탁드리겠습니다."

"가주님께서 바라시는 것이라면."

철혈대의 수장들이 동시에 한쪽 무릎을 꿇으며 고개를 숙였다.

"목숨을 바쳐서라도 반드시 완수해 내겠습니다."

그리곤 곧장 뒤돌아 임무 수행에 나섰다.

난 그런 네 사람의 등을 물끄러미 바라봤다.

철혈대의 대장들에겐 한 가지 공통점이 있었다.

쓰라린 패배를 맛봤다는 것.

그 때문에 네 사람의 등에선 동일한 감정이 엿보였다.

같은 상황을 마주하지 않겠다는 굳은 결의.

무슨 일이 있어도 과업을 성공적으로 끝마치겠다는 필사

의 의지였다.

"철혈님께서 보셨다면 무척이나 흡족하게 여기셨겠군."

"그러셨을 겁니다. 분명……."

철혈대를 향한 만족감이 높아질수록, 할아버지의 빈자리가 더욱 크게 느껴졌다.

호탕하게 웃던 할아버지의 웃음소리가 그리웠다.

그렇게 물끄러미 허공을 바라보고 있을 때.

"그런데, 이서하 찬성사는 대체 무슨 생각을 하고 있는 것인가?"

난데없는 물음에 고개를 돌리니, 백성엽 대장군이 팔짱을 낀 채 의문을 드러내고 있었다.

"당연히 자네가 직접 나설 것이라 예상했는데, 뜻밖이군."

백성엽 대장군이 의문을 갖는 것도 당연했다.

현재로선 태양석 검의 보급이 가장 중요한 일이었다.

이를 처음 계획했던 것도 나였으니, 마지막까지 책임질 것이라 여겼겠지.

"원래는 그럴 생각이었습니다만……."

백성엽 대장군의 예상대로 은악으로 향할 이는 나였을 것이다. 그간 그려 왔던 그림과 같은 미래가 펼쳐졌다면 말이다.

"하지만 지금은 아닙니다."

회귀 후, 내가 바꾼 것은 아주 미미한 변화에 불과했다.

'세상'이란 거대한 바다에 비하면 '이서하'라는 인간은 보잘

것없는 존재였으니 말이다.

그러나 변화가 이어질수록 미약했던 바람은 점차 거세졌고, 잔잔했던 수면에 물결을 일으켰다.

나는 그 변화를 최대한 늦춰 보기 위해, 어떻게든 지연시키려 분전했다.

하지만 세상은 내 뜻대로 흘러가지 않았다.

한번 생성된 움직임은 멈추지 않았고, 오히려 거대한 파도로 돌변해 나를 덮쳤다.

위대한 일곱 혈족이 전면에 나섰고, 왕국을 지탱해 왔던 전신과 무신을 무너뜨려 버렸다.

'모든 것이 나 때문이다.'

내 희망이었고, 찬란한 미래를 만들어 줄 것이라 믿었던 비장의 무기. 그렇기에 단 한 번도 고려하지 않았던 할아버지의 죽음도 결국 내 탓인 것이다.

뭐 하나 내세울 것 없는 무지렁이가 겁 없이 날뛴 결과였다.

그로 인해 한심함과 낙심, 좌절 등이 쉴 새 없이 밀려들지만.

'나는 무너져선 안 된다.'

더욱 마음가짐을 바로 하고 주어진 역할에 집중했다.

비극을 자초했으니, 바로잡는 것 또한 내 몫이었으니까.

그렇기에 운성으로 향하려던 계획을 접고, 새로운 목표를 꺼내 들었다.

"전 운성으로 갈 생각입니다."

"운성?"

"혹시 모를 상황에 대비해야 합니다. 한백사가 다른 생각을 품을 수도 있으니까요."

"그도 그렇군."

백성엽 대장군이 고개를 끄덕이며 동의를 표했다.

그 또한 익히 알고 있을 것이다.

한백사는 오로지 이익이 되는 일에만 움직인다는 것을 말이다.

회귀 전 수많은 무사를 보유하고서도 산속에 숨어 버렸던 것 또한 절대 피해를 보지 않겠다는 심보 때문이지 않던가.

이 부분 역시 간과해선 안 되지만, 내가 운성으로 향하는 이유는 따로 있었다.

'한백사를 이대로 놔둬선 안 된다.'

상혁이를 품는 것을 시작으로 성무대전과 운성의 차기 가주 선정까지. 나는 한백사의 계획을 번번이 무산시켰다.

그로 인해 밤잠을 이루지 못할 만큼 깊은 원한에 사무쳐 있을 것이다.

반드시 나를 죽이겠다는 비원을 품으며 말이다.

그런데 때마침 뜻밖의 상황이 벌어졌다.

수도가 습격을 당하며 무신 이강진이 죽었고 천일은 폐허가 되었다.

은월단의 등장으로 굳건했던 왕국에 균열이 일어났다.

내가 아는 한백사라면…….

'이 절호의 기회를 놓칠 리 없지.'

전처럼 산속에 숨을 것이라 착각해선 안 된다.

강대한 적이 등장한 반면, 왕국과 나를 지켜 주던 무신은 사라졌다. 그러니 한백사는 분명 은월단, 아니 나찰 쪽에 손을 내밀 것이다.

복수를 위해선 그들의 도움이 절실할 테니까.

운성이 더욱 빛을 발할 수 있는 선택이라 여길 테니까.

내가 운성으로 향하는 것도 이 때문이다.

"농사를 망치게 만들 잡초라면, 싹을 틔우기 전에 제거해야 되지 않겠습니까?"

후환이 될 것을 알면서도 내버려 둘 여유는 없다.

뿌리째 뽑아 버린 뒤 불태워 버려야지.

이것이 내가 운성으로 향하는 근본적인 이유였다.

"아 참, 대장군님도 들어 알고 계시죠?"

그리고 이왕 들르게 된 겸, 소소한 보상도 챙겨 볼 생각도 있었다.

"운성에는 뛰어난 영약이 많다더군요."

한백사에겐 이기심과 더불어 극단적인 성향이 또 하나 있었다.

바로 만족함이 없는 물욕.

몸에 좋다는 것은 뭐가 됐든 전부 모아 놓았던 것이다.

돈 좀 있는 가문도 입이 떡 벌어질 만큼 비싼 청매소를 만병 치료제란 말만 믿고 3개나 사들인 장본인이지 않던가.

폐석중의 치료 외에 다른 효용이 없음은 알 길이 없었을 테지만, 그의 물욕을 설명하기엔 충분한 사례였다.

그 결과, 운성은 온갖 영약으로 가득 채워진 보물 창고나 다름없었다.

"운성이 이토록 부를 축적할 수 있었던 것은 왕국에서 편의를 봐준 덕분입니다. 그런 왕국이 위기에 빠졌으니, 지금까지 입은 은혜에 보답함이 마땅하겠죠."

평생 영약 모으느라 수고했다, 한백사.

당신이 모은 보물들은 좋은 곳에 써 주도록 하마.

수도의 소식은 운성(運城)에도 빠르게 전해졌다.

남부나 계명에 비하면 천일에 근접해 있는 것이나 마찬가지였으니 당연한 일이었다.

문제가 하나 있다면, 처음으로 보고된 내용이었다.

-수도가 습격당했다.

운성에 전해진 소식은 이 한 줄이 전부.

적이 누구인지, 피해 규모는 어느 정도인지조차 담겨 있지 않은, 지극히 단출한 내용에 지나지 않았다.

다만 한 가지는 확실했다.

왕국의 중심에서 전투가 벌어졌다는 건 망국의 길에 접어들었다는 뜻.

절대 가벼이 여겨서는 안 된다는 말이었다.

하지만 한영수는 마냥 절망적으로 느껴지지 않았다.

'수도에는 이서하가 있다.'

왕국 최강의 무사라는 칭호는 허울뿐인 칭찬 따위가 아니었으며, 과대평가되지도 않았다.

한영수가 아는 무사 중 누구보다 강하고 믿어 의심치 않은 존재가 바로 이서하였다.

직접 경험해 봤기에 확신할 수 있었다.

성무대전에서 맞붙어 보기도 했고, 이후에도 그의 활약을 모두 지켜봐 왔으니까.

그런 이서하가 누군가에게 일방적으로 당한다?

한영수로선 상상할 수조차 없는 일이었다.

'게다가 수도엔 무신님도 계시지 않던가.'

지금의 왕국이 존재할 수 있는 것은 강대한 수호신을 보유했기 때문.

그만큼 무신의 존재감은 누구와 비교해도 떨어지지 않았다.

거기에 혜성같이 등장한 이서하와 광명대도 있다.

불의의 기습으로 잠시 위축되었을지 몰라도, 수도가 무너질 가능성은 결단코 없으리라.

한영수는 그럴 것이라 확신했다.

곧이어 추가 보고가 들려오기 전까지는 말이다.

"소가주님! 급보입니다!"

정보부원이 황급히 방 안으로 뛰어 들어왔다.

순간 한영수의 낯빛이 어두워졌다.

곁으로 다가오는 정보부원의 얼굴이 하얗게 질려 있었기 때문이다.

품 안에서 서신을 꺼내 건네는 손길 또한 거칠게 떨리고 있다.

그 반응이 말하고자 하는 바는 명확했다.

서신의 내용이 절대로 긍정적이지 않다는 뜻이었다.

그 예상이 틀리지 않았다는 듯, 서신을 펼친 한영수가 급격하게 표정을 일그러뜨렸다.

-수도 함락. 선왕 전하와 철혈 이강진 전사.

무미건조하게 적힌 두 문장.

하지만 짧은 두 줄 속에 담긴 내용은 거대한 충격을 동반하고 있었다.

한영수는 의문이 가득한 얼굴로 정보부원을 바라봤다.

"……이게 사실이냐?"

"네, 소가주님."

정보부원은 더 이상의 설명을 덧붙이지 못하고 고개를 푹 숙일 뿐이었다.

그 모습에 한영수는 눈을 질끈 감았다.

'대체 뭐가 어떻게 된 거지?'

두 눈으로 보고도 도무지 믿기지 않았다.

자신이 예상했던 것과는 정반대의 상황이 펼쳐졌으니 말이다.

수도가 함락된 것으로 모자라 무인의 정점인 이강진이 전사했다니. 아무리 노력해 봐도 이해가 되지 않았다.

그렇게 한참을 충격에서 헤어 나오지 못하던 한영수가 문득 뭔가를 떠올리곤 물음을 던졌다.

"국왕 전하와 이서하 찬성사에 대한 소식은 없나?"

"전하께서는 무사히 신평으로 대피하셨습니다. 이서하 찬성사님 역시 청신으로 후퇴한 후 신평으로 합류 중이라 들었습니다."

"……그런가."

한영수는 저도 모르게 안도의 한숨을 내뱉었다.

불행 중 다행이었기 때문이다.

국왕이 무사하다는 것도 그랬지만, 이서하가 살아 있다는 것은 더욱 그랬다.

애증의 관계이며 동시에 정신적으로 의지가 되는 친구가

살아남았다.

참혹한 상황 가운데 희망이 남아 있다는 말이었다.

덕분에 불안했던 심정이 안정을 되찾게 된 한영수는 다시금 서신으로 시선을 돌렸다.

'나는 어떻게 해야 될까.'

상황을 파악했다면, 이젠 이후를 고민해야 할 차례.

수도 천일은 의미를 잃었고, 무신에게 기대는 것은 더 이상 불가능하다.

하지만 그렇다고 왕국의 모두가 포기한 것은 아니었다.

'서하가 신평으로 향한다는 건⋯⋯.'

국왕과 함께 반격에 나서기 위함일 터.

살아남은 이들은 계속해서 앞을 향해 나아가고 있다는 말이었다.

운성 또한 결단을 내려야 한다는 의미이기도 했다.

'나는⋯⋯ 운성은⋯⋯.'

어떻게 살아야 할 것인가.

지금까지처럼 이익만을 바라며 살 것인가, 새로운 바람이 되어 변화를 취할 것인가.

운성의 소가주로서 선택의 기로에 놓였던 한영수는 금세 감았던 눈을 떴다.

오래 고민할 이유가 없었기 때문이다.

어차피 답은 정해져 있었으니까.

'운성 역시 신평에 합류한다.'

그것이 개국 공신 중 하나인 운성의 역할이었고.

소가주로 세워 준 이서하에게 보답하는 길이었다.

판단이 선 한영수는 곧장 자신을 따르는 관리들을 불러 모았다.

"선인님들은 당장이라도 출진할 수 있도록 채비를 갖춰 주십시오. 그리고 신경호 대감님은 저와 동행해 주시길 부탁드립니다."

"알겠습니다, 소가주님."

선인들은 명을 수행하기 위해 신속히 움직였고, 한영수는 신경호를 대동한 채 다른 장소로 걸음을 내디뎠다.

이윽고 목적한 장소에 이르렀을 무렵.

"역시……."

한영수가 미간을 찌푸리며 정면을 응시했다.

가주 한백사를 만나기 위해 찾아온 관청.

평소라면 한없이 고요하게만 느껴져야 할 곳이었다.

그런데 오늘은 웬일인지 밖에서도 들릴 만큼 내부가 시끌벅적했다.

"발 빠르게 움직였다고 생각했는데, 한발 늦은 건가."

자신보다 할아버지 한백사의 움직임이 더 빨랐던 것이다.

아마도 운성이 어떻게 대처할 것인지를 논의하고 있을 터였다.

한영수는 관청 입구를 지키는 무사에게 물었다.

"회의가 시작된 지 얼마나 지났지?"

"족히 일다경쯤 되었습니다."

무사는 다소 의아하다는 듯 의문을 드러냈다.

"그런데 소가주님께선 어찌 이제야 오셨습니까? 가주님께서 급히 회의를 진행하시겠다며 관리분들을 소집하신 것이 한참 전인데 말입니다."

"내가 그것까지 설명해 줄 이유가 있나?"

"……아, 아닙니다. 죄송합니다."

괜한 말을 내뱉었다는 사실에 안절부절못하는 무사를 뒤로하고, 한영수는 불쾌감을 드러내며 신경호 대감에게 시선을 돌렸다.

"예상했던 대로군요."

"그렇겠지요. 사람이 한순간에 변할 수는 없는 법이니까요."

신경호 대감 또한 씁쓸한 눈으로 회의가 한창인 관청을 바라봤다.

후계자를 뜻한다는 것엔 차이가 없다.

하지만 운성에서 '소가주'가 차지하는 위상은 타 가문과 결 자체가 달랐다.

신권대회(新權大會)를 통해 능력을 선보였고 정당성까지 확보했다.

또한 그가 곧 운성의 미래임을 공표했다.

이후론 반론 따위 존재할 수 없고, 소가주로 임명된 날부터 서서히 가주의 권력을 넘겨받게 된다.

단순히 후계자의 직위만 부여받는 것에 그치지 않고, 실질적인 권한까지 거머쥐는 것이다.

즉, 지금의 한영수는 운성의 진정한 지배자로 거듭나고 있다는 뜻이었다.

'오늘같이 중대사를 논하는 회의 또한 소가주의 주도하에 이루어져야 하거늘.'

주체를 제외한 채 회의를 개시했다는 것.

오랜 친우이자 그간 섬겨 왔던 주인의 속내는 더없이 명확했다.

'친우여, 그리 권력이 좋았는가?'

지금까지 내정 회의를 소집하거나 제 사람들을 요직에 앉히며 권력 싸움을 지속해 온 것과는 궤가 달랐다.

손아귀에 쥔 권력을 절대로 내놓지 않겠다.

설령 가문의 전통을 깔아뭉개는 한이 있더라도.

권세를 유지할 수만 있다면 그 무엇이든 하겠다는 욕망을 내비친 것이다.

'참으로 애석하구나. 속까지 완전히 썩어 버렸다니······.'

한백사와 함께했던 것은 모두가 운성의 발전을 위한다는 대의를 기반에 두고 있었다.

그러나 이제는 그럴 수 없게 되어 버렸다.

자신이 알던 한백사는 더 이상 존재하지 않는다.

탐욕에 사로잡힌 망령만이 남아 있을 뿐.

애처로운 눈길로 관청을 바라보던 신경호가 이내 표정을 단호히 했다.

지금껏 쌓아 온 모든 것이 무너지는 걸 막기 위해.

운성이 위태로워지는 것을 저지하기 위해.

더 이상 노망 난 늙은이의 만행을 좌시하고 있어선 안 될 일이었다.

"차라리 잘되었습니다. 이번 기회에 누구의 권력이 살아 있는지를 확실히 보여 줄 수 있을 테니까요."

"그렇겠지요."

한영수 또한 신경호의 시선을 따라 회의가 한창인 관청을 응시했다.

정확히는 그 안에 자리하고 있을 자신의 할아버지를 바라보는 것이었다.

"대감님의 말씀대로, 이번 기회에 끝을 봐야겠습니다."

지겹게 이어져 온 권력 다툼에 마침표를 찍는다.

가주와 소가주의 공존이 아닌, 한영수라는 가주만이 우뚝 서 있는 운성을 만드는 것이다.

그렇게 비장한 얼굴로 걸음을 옮기며 관청 내부에 들어선 한영수는 회의실의 문을 거칠게 열어젖혔다.

순간 회의실 안에 있던 관리들의 시선이 그에게로 집중됐다.

한영수는 썩은 미소와 함께 입을 열었다.

"이런, 중요한 자리에 늦었군요. 죄송합니다. 무슨 실수가 있었는지 회의가 열린다는 말을 듣지 못해서."

비꼬는 말이었지만 한백사는 능청스럽게 받아쳤다.

"괜찮다. 상황이 다급한 탓에 소가주를 신경 쓰지 못한 내 책임도 있으니. 신경호 대감과 함께 왔으니 다행이구나. 어서 안으로 들게."

한영수는 허탈하게 웃고는 고개를 끄덕였다.

"가주님이 그런 실수를 하시다니. 나이는 못 이기시는 모양입니다."

"……"

할아버지에게 겁을 먹고 속내조차 못 꺼내던 한영수는 이제 없다. 그는 당당하게 한백사의 앞으로 걸어가 말했다.

"전 지금부터 당장 무사들을 모아 지원에 나설 생각입니다. 할아버님은 운성에 남아 보급을 책임져 주시길 바랍니다."

일방적인 통보.

하지만 그 태도가 너무나도 당당했기에 회의실 내 관리들은 찍소리도 못 하고 가만히 있을 수밖에 없었다.

하지만 한백사는 그런 손자를 가소롭다는 듯이 바라보며 혀를 찼다.

"쯧쯧, 우리 소가주가 아직 멀었구나."

"멀었다니, 그게 무슨 말씀이십니까?"

한영수는 표정을 굳혔다.

"수도가 함락되었습니다. 무신님과 선왕 전하께서 전사하셨고, 국왕 전하는 대장군님과 겨우 몸만 빠져나갔다고 합니다. 그런데 늙은이들끼리 모여서 회의라니요. 신하 된 자로서 당장 행동해야 마땅하지 않습니까?"

왕국이 멸망할 수도 있다.

그것도 다른 인간에 의해서가 아닌 나찰의 손에.

이는 그 누구도 경험하지 못한 수준의 위기였다.

하지만 한백사는 여전히 콧방귀를 뀌었다.

"그러니까 아직 경험이 부족하다는 거다. 이럴 때일수록 더욱 침착하게, 확실하게 움직여 할 거 아닌가? 의미 없이 한두 시진 빠르게 움직이는 것보다 그사이 머리를 맞대고 최선의 수를 찾는 것. 그것이 지배자의 역할이 아니겠는가?"

"……그렇습니까? 그래서 무슨 좋은 수라도 찾으셨습니까?"

"그러려고 지금처럼 회의를 진행하는 것이 아니더냐?"

그 말에 한영수가 표정을 찡그렸다.

최선의 방책을 마련하겠다는 것과 달리, 그 안에는 전혀 다른 꿍꿍이가 담겨 있었기 때문이다.

전황을 파악해야 한다는 둥, 이럴 때일수록 더욱 신중해야 한다는 둥 변명만 늘어놓으며 시간을 끌 속셈인 것이다.

무엇이 이득이 될지 판단할 수 있을 때까지 최대한 버티기 위해.

도저히 이해할 수 없는 행동이었다.

수도가 함락될 정도로 상황이 심각함에도 어떻게 자신의 안위만을 선택한단 말인가?

한영수는 흥분을 숨기지 못했다.

"전황 파악은 이미 끝난 것이나 다름없지 않습니까? 예, 가주님의 뜻은 잘 알았습니다. 그럼 가주님께선 계속 수를 고민해 주십시오. 그사이 저는 신평의 지원에 나서겠습니다."

"그리 원한다면 말리지 않을 테니 뜻대로 하게. 대신 소가주의 사병만 끌고 가야 할 것이야. 운성의 무사들을 데리고 갈 생각은 버리게."

"그게 무슨……!"

한영수가 더욱 목소리를 높이려는 순간, 한백사는 눈을 부라리며 말허리를 잘랐다.

"착각하지 말거라! 아직 운성의 가주는 나다!"

소가주의 세력이 아무리 커졌다 한들 결국 결정을 내리는 것은 현 가주.

한백사였다.

이에 한영수가 분노를 감추지 못하자 옆에 있던 신경호가 조언을 건네 왔다.

"흥분을 가라앉히십시오. 그리고 절대로 떠나시면 안 됩니다."

한영수가 도발에 걸려 사병을 끌고 나간다면 한백사는 그사이 권력을 장악할 것이었다.

최악의 경우 한영수가 아닌 다른 소가주를 세울 수도 있다.

한영수 역시 그 사실을 알기에 더욱 분을 참을 수 없었다.

한편으론 이러지도 저러지도 못하는 자신의 처지가 비통하게 느껴지기도 했다.

그리고 여전히 탐욕에 눈이 먼 할아버지의 모습에 불쾌함이 밀려들어 진저리가 났다.

"왕국이 멸망하면 돈이든, 보물이든, 심지어 이 운성이라는 이름까지 무슨 소용입니까?"

모든 것은 왕국이 존재하기에 의미가 있는 것.

왕국이 멸망해 버리면 지금과 같은 영화는 보장할 수 없었으니 말이다.

그러나 한백사는 고개를 절레절레 흔들 뿐이었다.

"네가 착각하는 것이 있구나."

한백사는 마치 뭣 모르는 어린아이를 훈계하는 듯 말을 이었다.

"왕국이 위대해진들 이 운성이 초라해진다면 그게 다 무슨 소용이냐? 그 무엇보다 가문이 우선이니라."

"……진심으로 그렇게 생각하시는 겁니까?"

"오히려 내가 묻고 싶은 말이구나. 운성보다 왕국을 위해야 한다는 것이 네 진심이더냐? 정녕 그리 생각한다면, 실망스럽기 그지없구나."

한백사는 쯧쯧 혀를 차며 등받이에 기댔다.

"우리가 소가주를 잘못 뽑았구나."

허탈한 얼굴의 할아버지를 보며 한영수는 아무런 대꾸도 하지 못했다.

한백사의 말은 전부 궤변일 뿐이었다.

이성적으로는 자신의 판단이 백번이고 옳았으니 말이다.

그러나 속마음을 대놓고 꺼낼 수도 없는 노릇이었다.

왕국이 운성보다 중요하다고 말했을 때의 뒷감당이 두려 웠기 때문이다.

팔이 안으로 굽듯이 운성 사람들에게 있어서는 운성이 제 일 우선시되기 마련.

운성보다 왕국을 우선시할 경우, 지금까지 닦아 온 기반이 송두리째 무너질 수도 있었다.

아니, 반드시 그렇게 될 것이다.

한백사와 한통속인 관리들은 순식간에 비난 여론을 만들 어 갈 테고, 운성에 속한 이들 전체가 한순간에 적으로 돌변 할 것이다.

그 상황이 되면 제아무리 신경호 대감이라 해도 큰 힘이 되 어 주지 못한다.

'어쩌지……'

회의장에 들어서기 전 품었던 자신감은 소리 소문 없이 사 라져 버렸다.

지금의 한영수는 마주한 난관을 돌파하는 것만도 벅찬, 나약했던 과거의 모습과 다를 바 없었다.

그렇게 한영수가 이러지도 저러지도 못한 채 아무런 대꾸도 없이 가만히 서 있자 한백사가 손을 펄럭이며 쐐기를 박았다.

"더 할 말이 없다면 소가주는 이만 물러가도록 하라."

한영수는 차마 발걸음을 돌리지 못하고 가주를 노려볼 뿐이었다.

그러나 이미 기세에서 밀려 버린 한영수가 할 수 있는 건 없었다.

그렇게 모든 것을 포기하고 돌아가려 할 때였다.

"잠시, 안에서는 회의가……."

문밖에서 잠시 소란이 일더니 한 남자가 회의실 문을 박차고 들어왔다.

홍의를 펄럭이며 들어온 젊은 남자는 눈이 동그래진 관리들을 돌아보며 말했다.

"오랜만입니다."

관리들은 당황함과 긴장감이 역력한 얼굴로 급히 허리를 숙였다.

운성의 관리라면 모를 수가 없는 얼굴.

이 나라의 재신이자 한영수를 소가주로 세운 진정한 의미의 실세.

이서하였다.

그는 한영수를 향해 미소를 지어 보이고는 그의 옆으로 가 어깨동무를 하며 말했다.

"소가주님도 이게 얼마만입니까. 잘 지냈습니까?"

"……그래, 인마. 아니, 찬성사님. 기다리고 있었습니다."

이서하.

친구이자 존경해 마지않는 그의 등장에 한영수는 함박웃음을 지으며 한백사를 바라보았다.

한백사 역시 이서하의 등장에 크게 동요했는지 당황한 기색을 숨기지 못했다.

하지만 그것도 잠시.

한백사는 다시금 심드렁한 얼굴을 되찾으며 긴장한 기색을 감췄다.

"이서하 찬성사. 여기까지는 어쩐 일로 오셨습니까?"

"아직 소식을 못 들으셨습니까?"

이서하는 표정을 굳히고 관리들을 돌아보며 말했다.

"전쟁이 시작되었습니다. 이에 국왕 전하께서는 운성의 지원을 기대하고 계십니다. 지금 당장 운성의 모든 병력을 신평으로 이동시켜 주십시오. 여기 국왕 전하께서 직접 작성하신 서신입니다."

일방적인 통보.

그것은 국왕 전하의 친필 서신이 있었기에 가능한 일이었다.

이서하에게서 서신을 받아 든 관리는 긴장한 얼굴로 이를 한백사에게 넘겨주었다.

천천히 서신을 살피던 한백사는 이내 고개를 끄덕였다.

"어명을 거절할 수는 없죠. 그리하겠습니다. 운성의 무사 천 명을 신평으로 보내도록 하죠."

무사 천 명.

이서하는 이를 듣는 순간 콧방귀를 뀌었다.

한백사의 사병인 오천이야 그럴 수 있었다.

하지만 그들 외에도 운성엔 1군단으로 편재된 삼천 명의 무사들도 존재했다.

한백사는 그중 천 명만을 보내겠다고 밝힌 것이다.

이를 그냥 넘어갈 이서하가 아니었다.

"잠깐만요. 분명 운성의 모든 병력이라고 말씀드렸을 텐데요."

"그게 모든 병력입니다."

한백사는 난감하다는 듯 이마를 긁적인 뒤 말했다.

"운성을 지킬 병력도 필요하지 않습니까? 무신님도 돌아가신 지금, 제 몸을 지킬 최소한의 힘은 갖춰야 하지 않겠습니까?"

"……."

"아, 무신님은 찬성사님의 할아버님이었죠. 고인의 명복을 빕니다."

이서하의 표정이 굳는 듯하자 한백사는 희미하게 말꼬리를 올리며 말을 이어 갔다.

"어쨌든 무신님조차 당해 내지 못한 적 아닙니까? 저 또한 운성의 시민들을 지켜야 하는 의무가 있는 만큼 모든 병력을 보낼 수는 없지요. 대신 천 명은 최정예로 보내 드릴 테니 이해해 주셨으면 합니다."

"무신님도 막지 못한 적을 병력이 있다고 막아 낼 수 있을 거 같습니까?"

"그렇게 생각하진 않습니다. 하지만 운성 시민들이 피난을 떠날 시간 정도는 벌 수 있겠지요. 이는 국왕 전하께서도 충분히 헤아려 주시지 않겠습니까?"

한영수는 창피함에 고개를 떨구었다.

언뜻 들으면 할아버지의 말 또한 일리가 있다.

왕국의 존립도 중요하나, 국민의 안위를 보존하는 것 또한 무시할 수 없다.

할아버지는 국왕이 주장해 온 정책을 교묘하게 이용하고 있었다.

더군다나 절반도 아니고 고작 천 명이라니.

끝없이 밀려드는 창피함에 이서하 앞에서 고개를 들 수조차 없었다.

하지만 그런 한영수의 생각과 달리 이서하는 흔쾌히 고개를 끄덕였다.

"한 가주님의 말씀도 일리가 있는 거 같군요. 잘 알겠습니다."

한영수는 화들짝 놀라며 이서하를 바라봤다.

도저히 받아들일 수 있는 숫자가 아니었다. 아니, 받아들여서는 안 되는 숫자였다.

"이서하. 그게 무슨 소리야? 고작 천 명이라니……."

한영수가 그렇게 속삭일 때 이서하가 손바닥을 내보이며 만류했다.

그리고는 다시금 입을 열었다.

"그럼, 대신이라고 하기엔 뭐하지만 보급을 부탁드려도 되겠습니까?"

"보급이라……."

한백사가 턱을 매만지며 고민에 잠겼다.

전쟁에는 식량과 무기, 그리고 약재들이 많이 필요했고 운성은 이 왕국에서 가장 부유한 가문이었으니 합리적인 제안이었다.

무사를 빼앗기는 것보다는 물품을 제공하는 것이 나찰과 왕국 사이에서 간을 보기에 더 좋을 테니까.

"좋습니다. 도움이 될 수 있는 한 기꺼이 협력하지요."

한백사는 속으로 쾌재를 불렀다.

보급에 한해서는 이서하가 어떤 요구를 하더라도 상관이 없었다.

전쟁이 끝나고 이를 언급하며 다시금 돌려받으면 될 일이니 말이다.

무엇보다 좋은 것은 간접적인 지원을 나서며 상황을 볼 수 있다는 것이었다.

혹여 나찰 측으로 전황이 기울면 왕국에 대한 보급을 끊고 바로 태세 전환을 노릴 수 있다는 것도 만족스러웠다.

그렇게 모든 것이 계획대로 돌아간다고 여기는 순간.

"가주님의 협조에 감사합니다."

이서하가 환한 미소를 지으며 고개를 숙였다.

그리고 다시금 고개를 들어 올렸을 땐 입가에 옅은 냉소가 머금어져 있었다.

"허락이 떨어졌으니, 그럼 해운산 계곡에 있는 창고부터 살펴보도록 하겠습니다."

해운산 계곡.

그 말에 한백사의 표정이 굳어졌다.

"지금 뭐라고……."

"해운산 계곡에 있는 창고부터 살펴보겠다고 말씀드렸습니다. 왜요? 무슨 문제라도 있습니까?"

"네, 네놈이 거길 어떻게……."

해운산 계곡의 비밀 창고.

지금까지 한백사가 거금을 들여 모은 영약과 약재들이 가득한 곳이었다.

그걸 어떻게 저놈이 알고 있단 말인가?

하지만 그 의문을 풀기도 전에 이서하가 독촉하듯 말했다.

"분명 도움이 될 수 있는 한 보급에 있어서는 기꺼이 협력한다고 말씀하시지 않았습니까?"

"……."

차마 안 된다고 말할 수는 없었다.

여기서 번복한다면 그때는 이서하가 반역으로 몰고 갈 것이 뻔했기 때문이다.

그 순간 한백사의 얼굴이 불판처럼 시뻘겋게 달아오르며 온몸을 부들부들 떨었다.

이서하의 본 목적이 무엇인지를 깨달은 것이다.

하지만 알아챘다고 해서 바뀌는 건 없었다.

바닥에 쏟은 물을 다시 담는 건 불가능했으니 말이다.

"대답은 들은 것으로 하겠습니다. 현장 책임자 역할은 소 가주님께 부탁드리려 하는데, 괜찮으시죠?"

"어? 아! 물론입니다. 물론."

속수무책으로 당하기만 하던 것이 한순간에 역전되었기에 한영수는 기분 좋게 이서하를 따라나섰다.

그렇게 두 사람이 유유히 회의실을 벗어나고 모든 관리들의 시선이 한백사에게 꽂히는 순간.

"……이런 개같은! 으아아아아아!"

한백사의 비명 소리만이 회의실을 가득 채울 뿐이었다.

Chapter 132.

밖으로 나오던 나는 난데없는 비명 소리에 회의실을 돌아
보았다.

닫히는 문 사이로 소란스러운 회의실 내부가 보였다.

수많은 이들이 부축하지만, 모든 손길을 거절하며 끊임없
이 처절한 외침을 토해 내는 노인.

서서히 가려져 가는 그에게 나는 안타까운 눈길을 보냈다.

나이가 나이인 만큼 저렇게 소리를 지르다가 죽어 버리면
어쩌나 걱정되었기 때문이다.

절대 평안한 죽음을 맞이해서는 안 될 위인이니 말이다.

그런 생각을 할 때였다.

"야, 이서하! 올 거면 미리 말을 했어야지! 언질이라도 줬으면 나도 대비를 했을 거 아니야!"

다른 사람들이 없어지자 회의실에서와 달리 경어 따윈 내다 버린 한영수였다.

그런 그를 빤히 바라보며 한마디를 툭 던졌다.

"말이 짧습니다?"

"……아."

은근히 경고를 던지니 한영수의 표정이 순식간에 어두워졌다.

"죄송합니다, 찬성사님."

이내 고개까지 숙이며 사죄를 표한다.

그 모습에 나는 고개를 절레절레 저었다.

이렇게 고분고분하게 나오면 놀리는 맛이 없지 않나.

내가 아는 한영수는 이런 성격이 아니었는데.

놀리는 재미가 줄어든 것이 참으로 안타깝게 느껴졌다.

"농담이야. 평소처럼 해."

"깜짝 놀랐잖아. 인마."

한영수는 멋쩍게 웃더니 주변을 살폈다.

"근데 상혁이는?"

조심스럽게 묻는 한영수. 얼굴까지 살짝 붉히는 것으로 봐서는 단순한 의도로 묻는 게 아닌 듯싶었다.

마치 짝사랑을 품은 게 아닐까 하는 기분까지 들 정도였으니 말이다.

"상혁이는 왜? 미운 정이 연모로 변한 거냐?"

"그게 뭔 징그러운 소리야? 그냥 살아는 있나 궁금해서 그러지."

"걱정 마. 잘살고 있으니까. 엄마 만났거든."

"엄마? 상혁이한테 엄마가 있었어?"

순간 내 귀를 의심했다.

이거 진짜 미친놈인가?

"말할 때 뇌를 거치지 않는 건 여전하구나?"

"아니, 그런 이상한 뜻이 아니라 지금까지 안 나타나던 어머니를 갑자기 만났다고 하니까 물어본 거지."

"그런 뜻이었어? 다행이네."

난 천광에 올려 뒀던 손을 내리며 말했다.

"진짜 미친 소리를 한 거면, 당장 목을 쳐 버리려고 했는데."

"야 인마! 나를 대체 뭐로 보고!"

한영수는 불쾌하다는 듯 대놓고 인상을 찡그렸다.

"진짜로 놀라서 그런 거니까 오해하지 마."

"알았어, 알았어. 뭐 사정이 좀 있었더라고."

"그래? 뭔지는 모르겠지만, 그래도 잘됐네. 다음에 만나면 축하해 줘야지."

한영수는 진심으로 기뻐했다.

확실히 전에 비해 달라지긴 했다.

자리가 사람을 만든다더니, 소가주란 중책을 맡으며 전보다는 철이 많이 들은 모양이다.

적어도 남의 기쁨에 공감은 할 수 있게 되었으니까.

"곧 볼 수 있을 거다. 그때까지 우리가 살아 있다면."

나는 그렇게 말하며 관청 밖으로 나갔다.

그러자 아린이가 나를 반겨 왔다.

"서하야! 어떻게 됐어?"

"오!"

내가 답하기도 전에 한영수가 아린이를 향해 다가가며 손을 들었다.

"아린아, 오랜만이다. 이야, 여전히 아름답네."

하지만 아린이는 쳐다도 보지 않고 나에게 말을 이어 갔다.

"한백사가 뭐래? 협력하겠대?"

"하하하, 인사를 안 받아 주는 것도 여전하구나."

머쓱해하는 한영수의 뒤로 정이준이 다가가며 말했다.

"부대장님하고 친해질 생각이라면, 포기하는 게 좋을 겁니다. 저 사람 얼굴만 예쁜 성격 파탄자예요."

"아니, 그냥 동기니까. 인사만 했지. 근데 상혁이는 어머니 만났다고 치고. 민주는 어딨어?"

"민주 선배는 왜 물어보십니까?"

"아니, 그냥. 항상 붙어 다니던 애가 없으니까 좀 이상해서."

그러자 정이준이 뭔가를 눈치챈 것마냥 한영수를 지긋이

바라봤다.

"흐음, 민주 선배를 노리는 거라면 이미 늦으셨습니다."

"아니! 누가 노린다고⋯⋯!"

반응이 큰 걸 보니 노리는 게 확실하다.

하지만 이준이는 무자비하게 가슴에 비수를 꽂았다.

"상혁 선배 어머니랑도 이미 인사를 끝냈거든요."

"⋯⋯진짜냐?"

"그럼요. 상혁 선배 어머니께서 어찌나 민주 선배를 마음에 들어 하시던지, 완전 끼고 산다니까요."

"아, 그, 그래?"

심각해지는 한영수.

이준의 말이 거짓은 아니나 그렇다고 비약이 없다고도 할 수 없었다.

하지만 그걸 일일이 밝힐 이유는 없겠지.

"자자, 쓸데없는 소리는 그만하고 출발하자."

지금 당장은 평화로울지 몰라도 나에게는 시간이 많지 않았으니 말이다.

그렇게 나는 앞장서서 해운산으로 향했다.

그리고 산길에 접어들 때 즈음 한영수가 물어 왔다.

"한 가지 궁금한 게 있는데, 해운산 계곡에 창고가 있다는 건 무슨 소리야?"

아무래도 한영수는 한백사의 비밀 창고에 대해 잘 모르는 모양이었다.

하긴, 그 늙은이라면 가족에게도 말하지 않았겠지.

하지만 이 하늘 아래 완벽한 비밀은 없는 법.

한백사에게 비밀 창고가 있다는 것은 알 만한 사람은 전부 아는 공공연한 정보였다.

그때 정이준이 끼어들었다.

"좋은 질문입니다!"

귀찮은 설명은 말하기 좋아하는 정이준에게 맡겨 놓도록 하자.

"뒷세계의 무사들과 도굴꾼들에게는 유명한 말이 하나 있었죠. 한백사의 비고(秘庫)를 찾는 자, 이 왕국을 얻으리라."

무슨 야화(夜話)에나 나올 법한 이야기였다.

한영수는 이해할 수 없다는 듯 고개를 갸웃했다.

"왕국을 얻는다고?"

"그만큼 한백사가 꿍쳐 놓은 재보(財寶)가 많다는 뜻이죠."

"에이, 아무리 할아버지라도 그렇게 많은 돈을 모아 놓았을까?"

"그거야 모르죠. 하지만 그런 소문이 도는 건 사실입니다."

딱 한영수의 반응이 현재 도굴꾼들의 반응이었다.

하지만 실제로 한백사의 비고는 존재했고, 그 안에는 귀중한 물건들이 셀 수 없이 많았다.

'돈이 힘이라는 것을 아는 사람이니까.'

한백사는 권력을 유지할 수만 있다면 그 어떤 짓이든 할 수 있는 사람이었다.

운성의 전통이라고 할 수 있는 신권대회까지 조작하지 않았던가.

나이가 들며 인생의 끝자락에 들어섰으니, 욕심이 커졌으면 더 커졌지 결코 줄어들 리 없었다.

그렇다면 권력을 유지하는 데 있어 가장 중요한 것은 무엇일까?

인덕? 무공?

아니, 한백사는 오직 재화와 보물만이 자신의 권력을 지켜줄 거라고 판단했다.

그리고 그 중심에는 바로 무사들이 있었다.

'뛰어난 무사들이 많아야 권력을 유지할 수 있는 법.'

그리고 무사들을 포섭하기에 가장 좋은 보물은 다름 아닌 영약이다.

그것도 다른 곳에서는 볼 수도 없는 상급품의 영약.

한백사는 이를 모으는 데 돈을 아끼지 않았다.

그렇게 모은 영약들을 숨겨 놓은 장소가 바로 이 해운산의 계곡.

만약비고(萬藥秘庫)다.

"……잠깐, 그 말이 사실이라고 쳐. 그럼 이서하 너는 비고의 위치를 어떻게 아는 건데?"

당연히 그 질문을 해 올 줄 알았다. 난 대수롭지 않게 말했다.

"신뢰할 수 있는 정보원에게 들었어."

"……하긴. 너는 항상 그런 식이긴 했지."

그것만으로 납득해 주는 거냐?

고맙네.

회귀 전의 내가 신뢰할 수 있는 정보원이라면 정보원이니 거짓말은 아니다.

회귀 전, 당시에도 운성의 가주였던 한백사는 전쟁이 시작되자마자 바로 이곳 해운산으로 몸을 숨겼다.

산세가 험하고, 계곡 또한 길게 늘어져 있었기에 몸을 숨기기에는 최적의 장소였기 때문이다.

하지만 결국 한백사 또한 나찰의 손에 최후를 맞이했다.

소문만 무성했던 만약비고가 발견된 것도 바로 그때였다.

'죽 쒀서 개 준 꼴이지.'

한백사 입장에서는 지금도 마찬가지인가?

아니, 적어도 나찰에게 주는 것보다는 같은 인간에게 주는 것이니 개까지는 아니겠지?

어쨌든 이 사실이 알려지고 많은 도굴꾼들이 목숨을 걸고 운성에 숨어들었다.

만약비고엔 영약만이 가득 담겨 있었으니, 다른 물건들을 모아 놓은 곳도 존재할 것이라 여긴 것이다.

그렇게 수많은 이들이 목숨을 건 도굴에 나섰다.

한몫 단단히 챙겨서 제국으로 피난 가겠다는 생각으로 말이다.

돌이켜 보면, 도굴꾼들도 참 직업 정신이 투철한 놈들이다.

아니면 안전 불감증이거나.

그러나 그 꿈을 이룬 이는 단 한 사람도 존재하지 않았다.

결과적으로는 다들 나찰의 손에 죽었으니까.

"근데 대장님. 저도 질문 하나 드려도 됩니까?"

이준이였다.

"뭔데?"

"만약 비고 위치를 알고 계셨다면, 한백사 몰래 숨어들면 되는 거 아닙니까? 왜 굳이 '내가 털어 버리겠다!'고 경고해 준 겁니까?"

"좋은 질문이야. 안 그래도 그 부분에 대해선 설명해 주려고 했거든."

이준이의 말대로 한백사 몰래 들어가도 될 일이었다.

회귀 직후에는 힘들었을지 모르지만, 모두가 우러러볼 경지에 오른 지금이라면 충분히 가능한 일이었으니까.

물론 이론적으로 그렇다는 말이었다.

직접 실행에 옮기기 위해서는 한 가지 문제를 해결해야 됐으니까.

"자, 봐 봐."

나는 자리를 비켜서며 정이준에게 계곡의 경치를 보여 주었다.

"……와."

끝이 보이지 않는 계곡에 이준이는 입을 벌렸다.

운성 출신인 한영수 또한 이 계곡은 처음 보는지 입을 벌린 채 감탄할 뿐이었다.

당연한 일이었다.

꼬불꼬불 엉켜 있어 미로와 같은 계곡.

용 다섯 마리가 서로 싸우는 듯한 형상을 하고 있다고 해서 오룡계곡(五龍溪谷)이란 이름이 붙여졌으니 말이다.

이마저도 대단하지만 당황하기엔 일렀다.

"오룡계곡의 길이는 약 160리(64km)라고 하지."

"……160리요?"

그렇지 않아도 쩍 벌어졌던 입이 주먹 하나쯤은 너끈히 들어갈 정도로 넓어졌다.

역시나 똘똘한 놈인 만큼 내가 왜 이런 얘기를 꺼낸 것인지 눈치챈 것이다.

"설마…… 아니죠?"

"이미 알고 있으면서 묻기는."

나는 애써 모른 척하는 녀석에게 사정없이 비수를 날렸다.

"이제부터 이곳을 샅샅이 뒤질 거야."

이준이가 당황이 역력한 얼굴로 반발하고 나섰다.

"아니죠? 제발 아니라고 말해 줘요!"

발광에 가깝게 난리 치는 모습에 한영수가 고개를 갸우뚱하며 물었다.

  "얘 왜 저래? 아니, 그보다 샅샅이 뒤지다니? 만약비고가 어디 있는지 안다면서?"

  "알지."

  "그러니까 왜……."

  "여기 있다는 것만 아니까."

  "아니, 그러니까 여기 있다는 걸 아는데 왜 우리가 찾아야……."

  이제야 내 말뜻을 알아챘는지 한영수 또한 표정을 굳히며 고개를 흔들었다.

  "그러니까…… 정확한 위치는 모른다?"

  "바로 그거지."

  "그리고 우리가 이 계곡에서 그걸 찾아내야 한다는 거고?"

  "이야, 소가주가 되더니 영특해지기까지 한 거야? 역시 자리가 사람을 만든다더니, 옛말에 틀린 건 없다니까."

  어렸을 때부터 후계자로서 교육을 받아 왔으니 당연한 일인가?

  뭐가 됐든 입 아프게 설명하지 않아도 된다는 말이었으니 수고를 덜었다.

  "이해했으면 슬슬 움직이자고."

  그때 가까스로 정신을 되찾은 이준이가 바짓가랑이를 붙잡으며 애원했다.

"대충 어디 있는지는 아시죠?"

"몰라."

"아닙니다! 대장님은 알고 있어요! 알고 있다고 말해 주세요!"

거참, 모른다니까 그러네.

그런 내 마음과 달리 이준이는 거칠게 발악하며 받아들이지 못했다.

그 발악도 오래가지 못했지만.

"야."

귓가에 날아와 꽂히는 차가운 음성.

뒤이어진 목소리가 정이준을 옴짝달싹 못 하게 만들어 버렸으니 말이다.

"당장 손 떼. 죽고 싶지 않으면."

"……"

차디찬 아린이의 음성에 이준이는 황급히 일어나 시선을 돌렸다.

그건 나도 마찬가지였다.

매번 봐 온 모습이지만, 가끔씩은 나도 저런 아린이가 무서 웠으니까.

자연스럽게(?) 오룡계곡을 바라보게 된 나는 눈앞에 펼쳐진 전경을 눈동자에 담았다.

'소문으로 듣기는 했지만.'

실제 규모는 예상보다 더 거대했다.

이것이 지금까지 만약비고를 털지 못한 이유였다.

여기 어딘가에 비고가 있다는 것만 알 뿐, 정확한 위치는 모른다.

선뜻 행동에 옮길 수 없었던 것도 그 때문이다.

괜히 근처를 어슬렁거리다 한백사에게 들키면 그거대로 문제가 될 테니 말이다.

그렇기에 천금같이 찾아온 기회를 놓쳐서는 안 된다.

어떻게든 비고를 찾아내 안에 있을 영약들을 모조리 손에 넣어야만 했다.

결론을 내린 나는 시체처럼 창백해진 이준이와 더불어 시광대를 향해 고개를 돌렸다.

"아직 물이 흐르는 곳도 많으니 잠수해서 속까지 샅샅이 뒤지도록. 알겠나?"

"……"

시광대원들 역시 입맛을 다실 뿐 호기롭게 답하지 않았다.

겉으로 표현하지 않았지, 그들의 생각도 이준이와 다를 바 없었던 것이다.

이를 대표하듯 진유화가 앞으로 걸어 나왔다.

"대장님! 너무하십니다!"

탐탁지 않다는 얼굴로 노려보며 목소리를 높이는 진유화.

생각해 보면 이상한 반응은 아니었다.

'수도에서 혈투를 치른 지 얼마나 되었다고 운성까지 끌고

와서 막노동을 시키는 것이나 다름없었으니까.'

충분히 불만을 표출할 만하고, 너무하다 느낄 수 있는 일이었다.

하지만 이해가 된다는 것뿐이지 뜻을 받아 주겠다는 말은 아니다.

만약비고를 터는 일은 반드시 해야만 하는 일이었으니 말이다.

"너희의 심정은 충분히 이해하고 있지만……."

"전 이런 안전한 임무는 싫습니다!"

"……응?"

"당장 전선으로 보내 주십시오! 죽음의 쾌락을 느끼며 절정을 만끽하고 싶습니다!"

아…….

순진한 얼굴에 잠시 중요한 것을 깜빡하고 있었다.

얘는 진성으로 미친년이라는 것을.

그 심정은 나만 느낀 게 아닌지, 시광대원들도 진유화를 벌레 보듯 바라보고 있었다.

정말 진지하게 부대 재편을 고민해 봐야 하는 걸까?

잠시 그런 망상을 품었으나 이내 고개를 저으며 진유화를 바라봤다.

일단은 시급한 일부터 해결하는 게 먼저였다.

"그건 걱정할 거 없다. 저 밑엔 마수들이 득실거리고 있으니까."

원래 해운산은 왕국 대표 마경(魔境) 중 하나다. 당연히 이 오룡계곡에도 마수가 셀 수 없이 존재했다.

"그러니 다들 긴장해라. 한순간의 방심으로 목숨을 잃을 수도 있으니까. 모두 오(五)를 정해 결코 멀리 가는 일이 없도록."

"……!"

내 말에 진유화가 밝게 미소를 지었다.

"아하하하! 그렇게 위험한 곳이었습니까? 그런 건 미리미리 말씀해 주셨어야죠!"

순식간에 태세를 돌변한 진유화가 즉시 시광대를 돌아봤다.

"나와 함께할 오는 없나?"

그러나 어느 누구도 지원하지 않는다.

나 같아도 그럴 것이다.

머리에 꽃 꽂은 사람과 사지에 뛰어들고 싶지 않을 테니까.

그런데 진유화의 반응은 더욱 가관이었다.

"아, 이러면 어쩔 수 없는데. 누구도 저와 오를 짜려 하지 않으니 대원들의 의견을 받아들여 저 혼자 가도록 하겠습니다. 흐흐흐."

이상한 웃음을 흘리며 머리를 긁적이는 진유화.

정말이지 대장 교체를 진지하게 고민해 봐야 될 것 같다.

뭐, 그건 나중의 일이고.

지금은 혼자 보낼 수는 없지.

"그렇다면 진유화 대장은 내 쪽으로 붙어라."

"아……."

한순간에 진유화의 얼굴이 굳어졌다.

노골적으로 싫다는 표정.

"그럼 안전해지는데……."

혹시나 싶었는데, 싫어하는 이유가 정말 저거였구나.

그렇다면 더더욱 혼자 내버려 두면 안 된다.

옆에 딱 붙어 진정시켜야지.

실력 좋은 무사가 수백 마리의 마수에 둘러싸여 죽는 건 막아야 하지 않겠는가?

그렇게 작전을 정한 나는 시광대를 바라보며 말했다.

"그럼 비고 찾기를 시작한다."

"넵!"

과연 어떤 진귀한 영약을 모아 두었을까?

나는 두근거리는 마음으로 오룡계곡 밑으로 낙하했다.

이서하가 떠난 뒤.

한백사는 소수의 무사들을 대동한 채 다급한 발걸음으로 저택을 향했다.

이윽고 방 안에 들어서기 무섭게 지금껏 억눌러 온 분노를 한꺼번에 토해 냈다.

"도대체 어떻게 된 일이야! 저 망할 놈이 무슨 수로 비고의 위치를 알아냈느냔 말이다!"

해운산에 자리 잡은 비밀 창고.

이곳을 알고 있다는 사실은 너무나도 충격적인 소식이 아닐 수 없었다.

왕국의 눈과 귀인 후암조차 알아내지 못한 곳이었으니까.

철저히 비밀에 부쳤고, 누구도 눈치채지 못하게 심혈을 기울여 관리해 왔기 때문이다.

그런 장소를 어떻게 이서하가 알 수 있단 말인가?

한백사는 흥분한 얼굴로 무사들을 노려봤다.

"너희들 중 누군가가 발설하지 않는 이상 불가능한 일이 아닌가!"

"……."

무사들은 당황한 눈초리로 서로를 바라봤다.

한백사의 말대로, 비밀 창고의 존재를 알고 있는 사람은 가주를 포함해 방 안의 여섯이 전부.

누군가 폭로한 게 아닌 이상 외부인인 이서하가 알아낼 방법은 없는 것이나 마찬가지였다.

하지만 그것도 잠시.

한 노무사가 입을 열었다.

"가주님, 부디 노여움을 거둬 주십시오. 의심하시는 바는 충분히 이해되오나, 이는 사실이 아닙니다. 저희가 비고의 존재를 발설해 얻을 이득이 없지 않습니까?"

"대가로 영약을 받았을 수도 있겠지!"

"그렇다면 더더욱 말이 되지 않습니다. 비고의 영약을 마음대로 쓰고 있는 마당에, 굳이 왕국에 넘길 이유는 없지요."

노무사가 차분히 대꾸하자 한백사의 분노가 눈에 띄게 수그러들었다.

"확실히……."

흥분이 가라앉으며, 서서히 냉철한 이성이 제자리로 돌아왔다.

잠시 뒤 예의 날카로운 눈빛을 되찾은 한백사가 무사들의 면면을 주시했다.

'그럴 이유는 없겠지.'

눈앞에 있는 다섯 무사들은 무과에 급제한 후부터 충성을 바치며 운성을 일궈 온 존재들.

나라로 치면 개국 공신과도 같은 이들이었다.

그렇기에 한백사는 비밀 창고 내의 물건을 자유롭게 사용해도 좋다며 선심을 베풀었다.

충성을 맹세하면 통 큰 보답이 이어진다.

이를 각인시킴으로써 배신할 생각을 품지 못하게 만들겠다는 속셈이었던 것이다.

덕분에 무사들은 더욱 열성적으로 명령을 수행했고, 지금까지도 끈끈한 관계가 이어져 왔다.

그런데 이제 와서 갑자기 배신한다?

차분하게 돌이켜 봐도 그럴 이유는 눈곱만큼도 찾아볼 수 없었다.

"그래, 그럴 리 없겠지. 너희를 의심해서 미안하구나."

"충분히 그러실 상황이었으니, 괘념치 마십시오."

무사들이 고개를 숙이며 사과를 받아들였으나, 한백사의 표정엔 여전히 그림자가 드리워져 있었다.

"허나, 여전히 오리무중이로구나. 이서하가 어떻게 비고의 위치를 알아냈느냐는 여전히 해결되지 않으니……."

미간을 찌푸리며 고민하던 한백사가 문득 한 가지 물음을 던졌다.

"혹 인부 중에 살아남은 자가 존재할 가능성은?"

"장담컨대 전무합니다. 인부들은 확실하게 처리했었습니다."

"전부 처리한 게 확실한가?"

"네, 확실합니다. 공사가 끝난 후 한 사람도 빠짐없이 갱도 밑에 묻었습니다. 가주님께서도 직접 확인하신 일이 아닙니까?"

한백사는 고개를 끄덕이며 동의를 표했다.

비고는 폐쇄된 갱도 안쪽에 마련했다.

갱도 확장을 위한 공사라고 둘러댈 수 있었고, 최고 기밀인 만큼 작업이 끝난 뒤 인부들을 묻어 버리기에도 용이했으니까.

그만큼 보안 유지에 신중을 기했다.

자신이 두 눈으로 확인까지 했으니 허점이 존재하는 건 있을 수 없었다.

"흐음, 그렇다면 도대체 어떻게……."

무사 중 누군가가 배신한 것도 아니며 생존자를 통해 접한 것도 아니었다.

비고의 존재를 파악할 수 없다는 것이나 마찬가지.

그럼 이서하는 무슨 방법으로 알아낸 것일까?

동일한 의문에 머릿속이 복잡해진 한백사였으나 얼마 지나지 않아 고개를 절레절레 저으며 고민을 털어 버렸다.

처음부터 방향이 잘못되었던 것이다.

"일이 벌어진 이상, 어떻게 알아냈는지를 신경 쓸 때가 아니지."

과거의 일을 들춰 본들 바뀌는 것은 없다.

위기를 당면한 상황에선 문제의 해결 방안을 모색하는 게 먼저였다.

"이서하를 막을 방도는 있는가?"

"……."

무사들은 침묵했다.

이서하를 막는 것은 곧 국왕의 명령을 거스르는 행위.

아무리 영약이 귀하다고 한들 반역까지 고려할 만큼 가치 있다 말할 순 없었다.

상대가 왕국 최고의 무사라는 점도 문제였고 말이다.

그렇게 누구도 쉽사리 대안을 꺼내지 못하고 있을 때.

한 중년 무사가 입을 열며 무거운 침묵을 깼다.

"생각을 전환해 보심이 어떻습니까?"

"전환이라. 자세히 말해 보거라."

"직접 상대하는 게 어렵다면, 먼저 비고를 비워 빈손으로 돌아가게 만들면 되는 일 아닙니까?"

"이서하가 비고의 위치를 알고 있는데 그게 가능하겠나?"

"속단하기엔 이릅니다."

중년의 무사는 단호히 고개를 저으며 마음속에 품은 뜻을 꺼내 들었다.

"이서하가 해운산을 거론한 것은 사실이지만, 가주님께서도 한번 생각해 보십시오. 그가 한 번이라도 폐광을 언급한 적이 있었습니까?"

"……."

한백사는 쉬이 부정할 수 없었다.

조금 전 일을 돌이켜 봐도, 중년 무사의 말대로였기 때문이다.

"충분히 의심해 볼 만한 일입니다. 해운산을 대놓고 거론한 점도 그렇습니다. 굳이 저희에게 정보를 줄 이유가 없지 않습니까?"

"그도 그렇구나."

한백사가 고개를 끄덕이자 중년 무사가 말을 이어 갔다.

"비고의 위치를 모를 가능성이 높습니다. 설령 폐광 안에

있다는 걸 알고 있다 해도, 미로나 다름없는 갱도 속에서 쉽
게 찾아내진 못할 것입니다."

갱도는 개미굴처럼 복잡한 구조로 되어 있었다.

혹여 도굴꾼들이 냄새를 맡았을 때를 대비해 함정까지 설
치해 놓았으니 아무리 이서하라도 쉽게 공략하지는 못할 것
이었다.

"그가 헤매는 사이에 빼돌리면 됩니다. 전부는 무리겠지
만, 중요한 것들만 빼낸다면 손해는 줄일 수 있을 것입니다."

모두를 옮기기엔 시간상 무리가 있었다.

그러나 특히 값이 나가는 것들만 챙긴다면 차고 넘치는 게
시간이었다.

"일리가 있군."

한백사는 고개를 끄덕였다.

두 손 놓고 지켜보기만 해선 안 된다.

이득을 추구하면서도 최대한 손해를 줄이는 것.

그것이 지금까지 운성이 걸어온 길이었으니 말이다.

"뭣들 하느냐? 당장 최 무사의 말대로 하지 않고. 대신 이
서하에게 들키지 않도록 조심히 움직여야 할 것이야."

"감사합니다, 가주님. 믿어 주신 은혜에 보답하겠습니다."

그렇게 무사들이 떠나고.

한백사는 작게 한숨을 내쉬며 자리에 앉았다.

사실 재산을 내놓는 것은 큰 문제가 아니었다.

더 큰 보상으로 돌아온다는 확신만 있다면 투자로 치부하면 되었으니까.

'하지만 그럴 리가 없다.'

이미 돌아올 수 없는 강을 건넜고, 신유민이나 이서하와 함께하는 건 더 이상 불가능한 것이나 다름없었으니 말이다.

일방적으로 재산을 뜯기고 끝나겠지.

그렇기에 한백사는 근심이 끊이지 않았다.

'이제부터는 어떻게 해야 할까?'

나찰과의 전쟁에서 현 국왕이 이긴다는 보장은 없다.

무신이 쓰러졌고, 수도는 파괴되었다.

이는 저울이 나찰의 승리 쪽으로 기울었음을 뜻했다.

하지만 그렇다고 나찰 측에 붙는 것도 내키지 않았다.

나찰과 손을 잡는다는 건 여러 불안 요소를 품고 있기는 했지만, 그것은 부가적인 문제.

한백사를 주저하게 만드는 점은 바로 나찰이 큰 승리를 취했다는 것이었다.

현 시점에서 합류를 요청한다는 건 고개를 숙이고 들어가는 것이나 마찬가지였으니까.

이후 찬밥 신세로 전락할 것은 고민할 필요도 없었다.

'이를 어찌할꼬…….'

그렇게 한백사의 고민은 깊어져만 갔다.

◆ ◇ ◆

해운산 계곡.

대대적인 수색이 시작되고 몇 시진이 지났다.

예상대로 비고는 코빼기도 보이지 않았다.

'쉽지 않을 것은 알고 있었지만…….'

이 정도로 오래 걸릴 줄이야.

도대체 회귀 전에는 어떻게 찾은 걸까?

한백사를 고문하기라도 했나?

어쩌면 그게 가장 빠른 길이지 않을까 하는 생각이 들려는 찰나.

이준이가 옷을 짜며 다가왔다.

"물속에는 아무것도 없습니다."

"그거 참 아쉽게 됐네."

"비고가 여기 있는 건 맞는 거죠?"

"확실히 있어."

"근데 왜 안 나옵니까?"

"이제 겨우 1할밖에 안 뒤져 놓고, 급하게 굴기는."

"1할밖에라뇨!"

이준이가 어처구니없다는 얼굴로 쳐다봤다.

"고작이요? 저 물속이 얼마나 어마어마하게 넓은지 들어가 보셨습니까? 그리고 지금 이게 말이나 됩니까? '계곡 안에 있

다'는 것 말고는 정확한 정보도 없이 무작정 뒤지는 게 효율
적인 행동이냔 말입니다."

"어쩔 수 없잖아."

"미친놈이네, 이거."

"방금 뭐라고 했냐?"

"아무것도 아닙니다."

정이준은 허둥거리며 말을 줄이더니 화제를 돌렸다.

"그나저나 무슨 계곡이 마수들로 득실득실하네요. 덕분에
누구는 신난 거 같지만……."

이준이는 고개를 돌려 한 곳을 바라봤다.

해파리 같은 마수를 앞에 두고 흥분한 듯 말하는 진유화였다.

"어머머! 저 촉수에 맞으면 갈 거 같아! 안 그렇습니까?"

"……."

확실히 가긴 가겠지.

저승으로 말이다.

물론 저렇게 느린 마수의 촉수에 맞을 리가 없지만.

"거대수모(巨大水母)의 촉수에는 환각을 일으키는 신경독
이 있다고 합니다. 어떤 환각을 보여 줄지 제가 직접 맞아 보
고 알아내겠습니다."

"맞지 마. 수색해야 하니까."

"에이."

진유화는 진심으로 아쉬워하더니 검을 휘둘렀다.

황금빛 기운이 해파리를 태웠다.

"……아쉽네. 계곡에서는 희귀한 마수인데."

도대체 뭐가 아쉽다는 건지 모르겠다.

그때였다.

"서하야. 우리 말고 다른 인간들이 들어왔대."

아린이의 어깨에 머리가 세 개 달린 참새가 지저귀고 있었다.

"인간 들어왔다!"

"다섯 명이다!"

"짹짹!"

삼두작(參頭雀)이라는 소형 마수였다.

전투력은 없으나 인간의 목소리를 내어 다른 마수들 쪽으로 유인하기에 방심은 금물인 존재.

다만, 마수와 인간의 통역 역할을 할 수 있기에 길들일 수만 있다면 매우 유용한 존재이기도 했다.

"역시나 그렇게 움직였나?"

그럼 그렇지. 한백사가 두 손 놓고 비고를 내줄 리가 있나.

늦든 빠르든 감시조가 오리라는 것은 이미 예상한 바였다.

'생각보다 반응이 빠르네.'

해운산을 콕 집어 언급한 것도 바로 이를 위해서였다.

내가 비고의 위치를 정확히 모른다는 것이 한백사의 귀에 들어가면 어떻게든 비고를 비우려 들 테고.

우리의 동선을 확인한 뒤에 작업을 진행한 이들을 보낼 것이다.

그들의 뒤를 밟아 비고의 위치를 특정하는 것.

이것이 내 최종적인 목표였다.

이렇게 개고생하면서 계곡을 뒤지는 것도 다 그 일환이었고 말이다.

'그럼 슬슬 감시조가 뭘 하는지 살펴보도록 할까?'

나는 즉시 육감을 발동했다.

어중이떠중이는 아닌지 내 육감에 쉽게 걸리지 않았다.

하지만 내가 누군가?

이제는 화경의 완숙을 넘어 현경에 경지에 들어선 나다.

알파 같은 괴물들을 만나서 그렇지, 인간들 사이에서 내 육감을 피해 갈 수 있는 존재는 많지 않았다.

이윽고 조금 더 정신을 집중하자 빠르게 움직이는 오 인의 결사대가 느껴졌다.

그런데…….

'뭐지?'

이놈들 움직이는 방향이 이상한데?

우리를 감시해야 될 놈들이 왜 내가 있는 곳의 반대편으로 향하고 있는 거지?

"……아!"

그제야 나는 간과하고 있던 사실을 깨달을 수 있었다.

감시조가 확인해야 하는 것은 우리에 대한 감시만이 아니었던 것이다.

"비고가 저기 있구나?"

혹시나 이미 비고에 들어갔나 먼저 확인하는 것 또한 저들의 임무.

그렇다는 건.

"저놈들은 비고의 위치를 안다는 말이지."

예상보다 빠르게 길잡이가 나타나 주었으니 이 얼마나 기쁜 일인가?

"이준아, 이제 물엔 안 들어가도 되겠다."

"네?"

"비고 찾았다고."

저놈들만 따라가면 되니까 말이다.

아주 고마우신 놈들이다.

"진유화, 정이준, 그리고 아린이만 나와 함께 간다. 혹시 모르니 시광대는 천천히 쉬면서 비고를 찾는 척만 하도록."

감시조 이외에 다른 이들이 들어올 테니, 그들에겐 우리가 여전히 헤매고 있는 것처럼 연기할 필요가 있었다.

"얼마나 대단한 비고인지 한번 보자."

나는 계곡의 벽을 밟으며 운성의 무사들이 있는 방향으로 향했다.

이준이 녀석도 경공 실력이 꽤 올라와 이제는 내 뒤를 따라올 정도는 되었다.

"대장! 너무 빨라요! 이러다 떨어지면 전 뼈 부러집니다."

"지금도 느릿느릿 가는 거야."

물론 많이 봐주고 있는 것이었지만 말이다.

헥헥거리는 녀석을 보고 있자면 차마 속도를 올리지 못하겠단 말이지.

물론 다른 반응을 이끌어 내는 존재도 있었는데.

"오! 이것이 대장님의 진정한 속도. 숨이 턱 끝까지 차올라 죽을 것만 같아. 나 죽어!"

금방이라도 터질 것 같은 얼굴로 헐떡이면서도 행복하다는 반응을 내비치는 진유화였다.

저건 입만 다물고 있으면 귀여운데 말이다.

그렇게 달리기를 한참.

나는 나무 위에 숨어 어딘가를 노려보는 무사들을 발견할 수 있었다.

"여기서부터 기를 숨기자."

나의 말에 모두가 기척을 숨기며 숨었다.

"지금부터는 나 혼자 다가간다. 나머지는 일단 대기하도록."

나는 천천히 무사들을 향해 다가갔다.

이윽고 거리가 줄어들자 무사들이 하는 말이 들려왔다.

"아직 발견하지 못한 거 같소."

"찬성사의 직속 부대는 반대편에서 수색을 진행 중입니다. 저 안에 비고가 있다는 것도 모르는 거 같습니다."

"흐음, 그렇다면 정말 계곡 어딘가에 있다는 정보만 가지고 움직인 것이군. 그리 걱정할 것이 없겠어."

"하지만 덕분에 이제 비고가 어디 있는지를 알았지."

"맞아, 비고가……!"

순간 다섯 무사의 시선이 모두 나에게 꽂혔다.

뭘 그렇게 놀라나?

설마 진짜 내가 바로 옆으로 올 때까지 모르고 있었던 것일까?

"뭐야? 나 있는지 몰랐어? 난 또 다 알고도 친절하게 알려주는 줄 알았지."

그렇게 멍하니 나를 바라보던 무사가 버럭 외쳤다.

"죽여!"

초면에 죽이라니.

뭘 그렇게 살벌한 말씀을.

그래도 나름 실력이 있는지 말이 떨어지기가 무섭게 다섯 방향에서 검이 날아들었다.

하지만 상관없다.

상대는 잘 봐줘야 화경 초입 정도.

피할 가치도 없다.

이윽고 챙! 하는 소리와 함께 모든 검이 나의 목에서 멈추었다.

"……!"

놀란 듯 눈을 동그랗게 뜨는 무사들.

나는 그중 한 놈의 손목을 잡았다.

"일단 좀 맞고 대화를 나눠 볼까요?"

"으으으으으아아아아악!"

으드득하는 소리와 함께 녀석의 손목이 점점 가늘어졌다.

나는 절규하는 녀석의 손을 놓고 말했다.

"그래도 받은 은혜가 있으니 제안을 하나 하겠습니다. 지금이라도 비고 안내를 맡아 주실 분 계십니까?"

"……."

대답이 없네.

그래도 직접 와서 비고를 찾아 준 은인들에게 심한 짓을 할수는 없지.

"그럼 사지 중 딱 하나만 부수고 시작하죠."

내가 생각해도 너무 자비로운 것만 같다.

운성의 내로라하는 무사들 중에서도 최강이라 불리는 다섯 무사.

운성오강(運城五强).

그중 수장 격이라고 일컫는 최진영은 멍하니 동료를 바라보았다.

'이게 무슨…….'

새 국왕의 즉위식을 치르기 전, 반드시 갖춰져야 할 요소가 하나 있었다.

바로 왕국을 수호해 줄 존재.

새로운 시대에 걸맞은 영웅의 탄생은 반드시 뒤따라야 할 핵심 요소였다.

그렇기에 모두가 왕국 최강이다 뭐다 떠받들 때도 최진영을 비롯한 운성오강은 이를 믿지 않았다.

국왕이 수하의 전공을 그럴듯하게 포장시키는 건 항상 있어 왔던 일이었으니 말이다.

물론 완전히 거짓말이라 치부한 것은 아니었다.

신권대회에서 한영수를 소가주로 올리는 모습을 두 눈으로 똑똑히 목도했으니까.

다만, 이서하가 보여 준 면모들은 무사보다 참모로서의 역량이 더 강했다.

그렇기에 의심을 완전히 불식시키지 못했고, 뜬소문으로 바라보는 시각은 여전히 남아 있었다.

'젠장……!'

그런데 막상 맞부딪쳐 보니 소문은 거짓이 아니었다.

아니, 어떻게 보면 오히려 과소평가되었다 봐도 무방했다.

'현경 수준까지 올라온 것인가?'

찰나였지만 알 수 있었다.

화경에 오른 자신들과는 차원이 다른 경지.

제아무리 용을 써 봤자 이서하를 이길 수 없다는 것을 말이다.

'그렇다면……'

힘 대 힘으로 맞붙는 건 최악의 선택.

작전을 바꾸어야만 했다.

최진영은 급히 머리를 굴리며 입을 열었다.

"뭔가 오해가 있는 거 같습니다, 찬성사님!"

"오해요?"

예상치 못한 상황인 듯 이서하가 고개를 갸웃했다.

최진영은 순간적으로 생겨난 빈틈을 놓치지 않았다.

"저희는 혹여나 찬성사님께서 비고를 찾지 못하고 헤매시지 않을까 걱정되어 찾아왔을 뿐입니다."

"최 무사!"

동료 무사의 외침에 최진영은 그를 노려보았다.

'지금 다 죽일 생각이냐?'

그의 눈빛은 그렇게 말하고 있었다.

그 뜻을 알아들었다는 듯 동료 무사들이 입을 다물었다.

'제발 가만히나 있어라. 멍청한 것들아.'

최진영이 한백사의 왼팔까지 올라설 수 있었던 것은 무공 실력이 우수했기 때문만은 아니었다.

바로 뛰어난 처세술.

보통 화경의 경지까지 이른 고수들은 자신의 무공 실력에 심취해 죽는 순간까지도 자존심을 꺾지 않는다.

하지만 최진영은 달랐다.

무인으로서의 자존심보다 현실적인 판단을 중시했다.

권력자에게 고개를 숙이는 데 주저함이 없었다.

그러한 처세술 있었기에 살아남을 수 있었고, 한백사의 총애를 얻고 일가를 이루는 영광도 거머쥐었다.

그런 인생을 살아왔기에 최진영은 일말의 고민도 품지 않았다.

'제발 속아라.'

고개를 숙이는 것 따윈 문제 될 것도 없었다.

마주한 위기를 벗어날 수 있다면 자존심 따윈 언제든 굽힐 수 있었으니 말이다.

그렇게 최진영이 갑작스레 저자세로 돌변하자, 이서하가 당황스런 기색을 엿보였다.

"그것참 이상하군요."

인상을 찌푸린 그는 여전히 이해가 되지 않는다는 얼굴로 의문을 이어 갔다.

"그렇다면 정말 계곡 어딘가에 있다는 정보만 가지고 움직인 것이군. 그리 걱정할 것이 없겠어."

이서하의 눈동자가 또렷하게 최진영을 응시했다.

"분명 조금 전에 이렇게 말하지 않았습니까?"

최진영의 등줄기로 식은땀이 흘러내렸다.

보통 저렇게 토씨 하나 틀리지 않고 기억하는 게 가능한가?

순간 그런 의문이 들었으나 금세 표정을 갈무리했다.

지금 머뭇거리면 끝장날 뿐이다.

어떻게든 대화를 이어 나가는 것이 최선이었다.

"혹시나 저 폐광 안으로 들어가셨으면 어쩌나 걱정했는데, 그러지 않아 다행이라는 뜻으로 한 말입니다."

"그런 말투가 아니었는데……."

"기분 탓입니다. 저희가 어찌 이 나라의 기둥인 찬성사님을 어떻게 해 보려 왔겠습니까?"

"하아, 그래요?"

싸늘하다.

이서하의 눈빛에는 의심이 가득했다.

금방이라도 무슨 헛소리냐며 검을 뽑아 내려칠 것만 같다.

하지만 이내 이서하가 활짝 웃었다.

"제가 오해했나 보군요. 다짜고짜 공격해 오길래 난 또 방해하려는 목적인 줄 알았지 뭡니까."

"그 점에 대해선 거듭 사죄드립니다. 너무 갑작스럽게 나타나서 그만……."

최진영은 다시 한번 고개를 숙이며 용서를 구했다.

사실 조금만 생각해 본다면 말도 안 되는 소리라는 것을 알 수 있다.

아무리 화들짝 놀랐다고 한들 화경 수준의 고수들이 대상조차 확인하지 않고 살초를 날렸을까?

하지만 변명할 방법은 이것뿐이었다.

다행히도 이서하는 별일 아니라는 듯 넘어가 주었다.

"그렇게 나오실 것까진 없습니다. 오히려 용서는 제가 구해야 할 것 같군요. 제 오해로 벌어진 일이니."

이서하의 시선은 손목을 부여잡은 채 신음을 흘리는 무사에게 향했다.

최진영은 빠르게 고개를 저으며 부정했다.

"아닙니다! 저희 실수를 봐주셔서 감사할 따름이니 신경 쓰지 마십시오."

멋쩍어하는 웃음이 너무나도 인위적이라 위화감이 들었으나 지금은 그런 것까지 신경 쓸 상황이 아니었다.

그저 목이 붙어 있다는 것에 감사할 뿐.

"그럼 안내 좀 해 주시죠. 그러려고 왔다면서요."

"네, 아, 그 전에……."

최진영은 손목이 부러진 동료에게로 시선을 돌리며 말했다.

일단 위기를 넘긴 듯하니 다음 수를 놓을 차례였다.

"저 친구는 다시 돌려보내도 되겠습니까?"

"왜 그러시죠?"

영문을 모르겠다는 듯 팔짱을 끼는 이서하.

못마땅한 표정을 보아하니 딱히 내키지 않는다는 반응이었다.

하지만 최진영은 이에 굴하지 않고 제 뜻을 펼쳐 나갔다.

어떡해서든 가주님에게 현 상황을 전달해야 했으니 말이다.

"부상이 있는 상태로 굳이 안내에 동행할 필요는 없지 않습니까?"

이서하가 순순히 보내 줄지는 미지수였다.

아니, 쉽게 받아들여지지 않겠지.

그러나 최진영은 무릎을 꿇고 절을 하는 일이 있더라도 동료를 보낼 생각이었다.

자기 아버지뻘보다 더 나이 많은 무사가 머리까지 땅에 박아 가며 부탁을 한다면 아무리 이서하라도 조금은 흔들리겠지.

그렇게 자존심까지 전부 버리려 할 때였다.

"하긴, 그렇네요."

"……네?"

"무사님 말이 맞습니다. 굳이 부상자를 끌고 다닐 필요는 없죠."

바로 승낙해 준다고?

두 귀로 듣고도 믿지 못할 상황에 최진영이 멍하니 있자 이서하가 말을 이었다.

"뭐 하십니까? 얼른 가서 치료받아야죠."

"……감사합니다."

영문을 알 수 없으나, 일단 허락은 떨어졌다.

최진영은 즉시 부상당한 무사에게로 다가가 부축해 일으켜 세웠다.

"어서 돌아가서 치료를 받으십시오."

"그게…….'

도대체 일이 어떻게 돌아가는 것인지 이해가 되지 않은 탓에 망설임을 보이는 찰나.

최진영이 그의 귓가에 대고 나직이 속삭였다.

"당장 가주님에게 보고하십시오. 어떻게든 시간을 끌고 있겠습니다."

그리곤 급히 돌려세운 뒤 등을 밀어 떠날 것을 강제했다.

동료 무사도 그제야 사태를 눈치채곤 부상 부위를 부여잡은 채 황급히 멀어져 갔다.

그런 동료의 뒷모습을 최진영이 수심 가득한 얼굴로 바라봤다.

'괜찮을까…….'

바랐던 대로 상황이 전개되고 있으나.

도저히 꺼림칙한 기분을 떨쳐 낼 수 없었다.

예상과 달리 단번에 수락해 버린 이서하의 모습이 너무도 괴상하게 느껴졌으니 말이다.

'뭔가 이상하지만…….'

그러나 최진영은 마음을 달리 먹자고 생각했다.

어차피 지금 상황보다 더 악화될 일은 없다.

그리고 보고만 제대로 들어간다면 가주님이 묘수를 떠올릴 터.

지금은 그것을 믿고 기다리며 자신이 할 수 있는 걸 노력할 뿐이었다.

그렇게 결정을 내리는 그때.

"얘들아! 이제 와도 돼."

얘들아?

그 말에 저 멀리서 이서하의 동료들이 모습을 드러냈다.

'역시 혼자가 아니었구나.'

싸우지 않기로 한 자신의 결정을 매우 칭찬해 주고 싶다.

"자, 그럼 길 안내를 받아 볼까요?"

"……물론입니다."

졸지에 길잡이가 된 최진영이었다.

"앞장서겠습니다."

그러나 폐광 안으로 들어가는 발걸음에서 근심은 찾아볼 수 없었다.

일단은 이서하가 원하는 대로 움직여 주자.

반드시 기회는 찾아올 테니 말이다.

Chapter 133.

"뭣이!"

영약을 빼돌리겠다고 떠난 운성오강이 이서하에게 철저히
박살 났다.

게다가 스스로 비고 안내까지 자처하고 있다니.

이 어이없는 보고에 한백사는 부들부들 떨다가 의자에 주
저앉았다.

"그래서, 최 무사는 뭐라고 하던가?"

"이 사실을 알리고 도움을 요청하라 했습니다."

"알겠다. 일단 물러가 치료를 받도록 해라."

"네, 가주님."

고개를 숙여 예를 표하는 무사를 뒤로한 채.

한백사는 미간을 짚으며 눈살을 찌푸렸다.

"후우……."

머리가 지끈거려 온다.

운성오강마저 꺾은 그 괴물 같은 놈을 어떻게 하란 말인가?

한백사는 고민에 빠질 수밖에 없었다.

'영약을 포기해야 하는가?'

절대로 그럴 수 없다.

비고 안에 있는 영약들은 오랜 시간 공을 들여 모은 것들.

비교적 평범한 영약들은 물론 만년금구(萬年金龜)와 금와(金蛙)의 내단같이 하나에 십만 냥은 족히 나가는 국보급 보물들도 포함되어 있었다.

절대로 내어 줄 수는 없었다.

특히나 상대가 이서하라면 더욱더.

하지만 어떻게 막을 수 있을까?

운성오강이 당한 이상 한백사가 가진 무(武)로는 이서하를 막을 수 없었다.

그렇게 고민에 빠져 있을 때였다.

"가주님. 손님이 찾아오셨습니다."

"나중에 오라 하거라."

이 시국에 손님맞이까지 할 생각은 없었다.

지금은 이서하만 생각하기에도 벅찼으니 말이다.

그런데 문 앞에서 잠시 소란이 일더니 한 남자의 목소리가 들려왔다.

"홍등가의 이 아무개라고 합니다. 맡긴 것을 찾으러 왔습니다, 가주님."

홍등가의 이 아무개.

그 말에 한백사가 눈을 번뜩이며 고개를 들었다.

"어서 들라!"

흥분한 상태가 고스란히 느껴질 만큼 그의 목소리는 한껏 올라가 있었다.

그리고 얼마 지나지 않아 그의 감정을 요동치게 만든 존재가 모습을 드러냈다.

남성이라 믿기 어려울 정도로 고운 미색을 갖춘 사내.

그의 뒤에는 삿갓을 쓴 거구의 인물이 서 있었다.

한백사는 그 거구를 흘깃 바라보았다.

얼핏 봐서는 호위 무사라고 여기기에 충분했지만, 한백사는 이내 그 정체를 짐작할 수 있었다.

'저것도 나찰이겠군.'

이주원이 자신에게 맡긴 것이라고는 나찰 기생뿐이었다.

이를 돌려받으러 온 이주원과 동행했다면 그 나찰과 아는 사이라고밖에는 생각할 수 없었다.

한백사는 일단 모르는 척 입을 열었다.

"오랜만이군, 이주원 방주."

"가주님도 강녕하셨습니까?"

"내 걱정을 하는 것이냐? 그보다는 스스로를 먼저 신경 써야 하지 않겠나? 홍등가가 파괴되어 갈 곳이 없어졌으니 이후를 고민해야 될 텐데."

"홍등가가 파괴되든 말든 크게 달라지는 건 없습니다. 이미 방주 자리에서 쫓겨난 몸이니까요."

"방주 자리에서 쫓겨나?"

"아직 소식을 듣지 못하셨나 본데, 그렇게 되었습니다."

이주원은 씁쓸하게 말한 뒤 입을 열었다.

"그보다, 제가 맡긴 것은 어디에 있습니까?"

"설화(雪花)라면 내 잘 보관하고 있네."

백색 피부에 은발을 가진 백야차의 동생을 일컫는 은어였다.

"그럼 돌려받을 수 있겠습니까? 여기 보관 증서입니다."

"한번 살펴보지."

한백사는 이주원이 건넨 종이를 선선히 받아 들었다.

사람을 맡겨 놓고 보관 증서 따윌 발급해 준 적은 없었다.

결국 단어 그대로의 의미가 아니라, 저 사내의 속내를 담은 증서라는 뜻.

역시나 작은 종이에는 이주원의 제안이 간략하게 적혀 있었다.

-설화는 계속 잡아 두고 계십시오. 대신 가주님의 근심을

풀어 드릴 테니, 먼저 넌지시 제안해 주십시오.

　내용을 확인한 한백사는 이주원에게 눈빛을 보냈다.

　안 그래도 어떻게 해야 나찰 편에 붙을 수 있을지 고민하던 참이었다.

　일단은 이주원의 말대로 해 주도록 하자.

　"그게 말일세. 그쪽에서 보관비를 제대로 내지 않아서 말이야. 일단 정산부터 하고 싶은데."

　"좀 봐주십시오. 방주 자리에서 쫓겨난 놈에게 무슨 돈이 있겠습니까?"

　"정산을 꼭 돈으로만 하라는 법은 없지."

　그리고는 창밖을 향해 시선을 옮기며 슬며시 속내를 드러냈다.

　"지금 우리 운성에 골칫덩이 하나가 들어와서 말이야."

　"이서하입니까?"

　"알고 있었나?"

　"워낙 유명한 놈 아닙니까? 이미 운성 거리에 소문이 파다하더군요."

　"그렇다면 이야기가 빨라지겠군. 그놈이 지금 내가 평생을 모은 영약을 털어 가려 하네."

　"영약을 말입니까? 완전 도둑놈이군요."

　"그렇지."

한백사는 현 상황을 이주원에게 전부 설명해 주었다.

폐광 안에 비고가 있고, 이서하에게 인질로 잡힌 자신의 무사들이 그를 안내해 들어가고 있다는 것까지.

"하여 이 방주가 나를 도와줬으면 하네. 그러면 설화를 내주도록 하지."

순간 거구의 사내에게서 살기가 피어올랐으나 한백사는 아랑곳하지 않았다.

인질은 이쪽이 잡고 있으니 말이다.

이주원 역시 그런 한백사의 뜻에 맞춰 말을 이어 갔다.

"흐음. 제 호위 무사가 한 실력 하긴 하지만 이길 수 있을 거라 장담은 할 수 없죠. 이서하는 강합니다."

"바로 그게 문제네."

"물론 방법이 없는 것은 아닙니다."

"그게 뭔가?"

"조금의 욕심만 버리시면 일을 쉽게 처리할 수 있지 않겠습니까?"

모든 것이 수월하게 풀리고 있었다.

폐광 입구.

나는 그곳을 바라보며 고개를 갸우뚱할 수밖에 없었다.

입구라 말하기도 뭐할 만큼 작은 구멍이었으니 말이다.

"여기가 입구라고요?"

"외견이 그럴 뿐, 확실합니다."

"설마 통로도 이렇게 좁은 건 아니겠죠?"

"아닙니다. 갱도 내부는 그래도 꽤 넓습니다."

"그래요?"

확신하는 걸 보니 사실인 것 같긴 한데, 도저히 신용이 안 간다.

저 구멍을 보고 누가 입구라 할까?

비고를 숨겨 놓을 것이라면 입구 좀 잘 만들어 놓지.

자기도 들락날락할 텐데 말이다.

아니, 한백사는 그럴 일이 없나?

어차피 한백사가 아니라 심부름꾼들이 왔다 갔다 할 테니 말이다.

"그럼 먼저 들어가 보세요."

"네, 찬성사님."

비좁은 구멍으로 몸을 들이미는 모습을 확인한 나는 즉시 뒤를 돌아봤다.

"진유화. 너는 시광대와 밖에 남아 갱도 주변을 지켜."

"저는 안 들어갑니까?"

"누군가는 망을 봐야 할 거 아니냐."

"저도 어둠의 공포를 느끼고 싶습니다!"

"……밖에서 대기해."

"힝."

재랑은 대화가 좀 이상해.

"자, 그럼 우리도 슬슬 들어가자."

그렇게 최 무사의 뒤를 따라 갱도 안으로 들어가려 하자 이준이가 걱정스러운 얼굴로 다가왔다.

"대장님. 근데 왜 도망치게 놔둔 겁니까?"

"도망치게 놔두다니?"

"아까 그 손목 부러진 사람 있잖습니까? 그걸 보내 주면 한백사가 또 뭔 짓을 꾸미지 않겠습니까?"

한백사라면 아무리 절망적인 상황이라도 절대 포기하지 않겠지.

거머리처럼.

"그걸 아시면서 왜 보내 주신 겁니까?"

"쯧쯧쯧. 이준아, 넌 하나만 알고 둘은 모르는구나."

똑똑한 녀석이지만 겁이 너무 많다.

"그러라고 보낸 거야."

"네?"

"보고가 들어가면 한백사 그놈이 가만있지 않겠지."

"그렇죠?"

"그럼 그걸 빌미 삼아서 놈을 반역죄로 죽여도 정당하지 않겠냐?"

"아……!"

"지금이 바로 운성의 가주를 교체할 적기라는 것이지."

슬슬 운성도 세대교체를 할 때가 되었다.

◆ ◈ ◆

목적지에 도착한 전가은은 곧바로 한 장소를 향해 걸음을 옮겼다.

운성에서도 알아주는 고급 객잔.

그 안으로 들어선 그녀는 망설임 없이 명패를 내밀었다.

"3번 방을 주십시오. 온돌은 떼지 말고."

명패를 확인한 객잔 주인은 고개를 끄덕이고는 미소를 지었다.

"금방 준비해 드리겠습니다. 청운아!"

"네! 주인님!"

청운이라 불린 청년이 급히 전가은에게 달려와 굽신거리며 안내에 나섰다.

"안으로 드시죠. 나으리."

방을 향하면서도 청운은 계속해서 능청스럽게 비위를 맞췄다.

"3번 방을 콕 집어 말씀하신 걸 보니 안목이 대단한 분이신가 봅니다."

"……."

"객잔에서 가장 유서가 깊은 방으로, 과거에는 많은 고관 대작들이 머물다 간 곳이니까요."

자연스레 화제는 객잔으로 변경되었고, 청운은 쉴 새 없이 자랑을 늘어놓았다.

그렇게 쉬지 않고 떠벌이는 청운과 잠자코 듣기만 하는 전 가은의 동행이 시작된 것도 잠시.

얼마 지나지 않아 미소를 머금었던 청운의 얼굴에서 아쉬 움이 느껴졌다.

길게 이어질 것 같던 동행도 3번 방에 다다르며 금세 끝맺 게 된 것이다.

"그러고 보니 운성에는 무슨 일로 오셨습니까?"

문을 열며 던지는 물음에 전가은은 짧게 답했다.

"금방 비가 내릴 듯 구름이 짙어 찾아왔습니다."

허름한 방의 창으로 우중충한 하늘이 보였다.

전가은의 말처럼 금방 빗방울이 떨어져도 이상하지 않을 날씨였다.

이에 청운이 고개를 끄덕이며 방 안에 들어섰다.

그리곤 한쪽 벽에 붙어 있는 서랍장을 밀었는데.

쿠쿵.

거친 소리와 함께 서랍장이 있던 곳 뒤편으로 작은 입구 하 나가 모습을 드러냈다.

그 안에 놓인 것은 소형 책상과 함께 두 사람이 겨우 앉을 만큼 비좁은 공간.

내부의 서랍장을 움직여 문을 닫은 청운이 맞은편의 전가은을 응시했다.

"먼저 상황을 듣도록 하죠."

직후 내부의 공기가 순식간에 뒤바뀌었다.

능청 그 자체나 다름없던 청운은 사라지고, 얼음장같이 차가운 기색의 사내로 돌변했다.

"단장님은 무사하십니까? 단원들은요?"

온돌을 떼지 않은 3번 방.

그리고 구름이 짙어 찾아왔다는 것.

모두가 운성 지부에서만 사용하는 암구호였기 때문이다.

"알고 있는 모든 것을 말해 주겠습니까?"

수도에서 일어난 일반적인 상황은 이미 전해 들었다.

그러나 후암의 특성상 어둠 속에서 일하는 단장 유현성과 단원들의 생사 여부에 대해선 소식이 끊긴 상황.

이후 어떤 보고도 들어오지 않았기에 운성 지부의 단원들이 할 수 있는 건 발만 동동 구르며 늦게나마 소식이 전달되기만을 바라는 것이 전부였다.

그런 찰나에 찾아온 외부 단원이었으니 더없이 반가울 수밖에.

"단장님은 무사하십니다. 단원들은 17명이 살아남았습니다."

"……."

그러나 막상 상황을 전해 듣고 나니 청운은 착잡함에 웃을 수 없었다.

"……많이 죽었군요."

수많은 이들 중 살아남은 이가 고작 스물도 되지 않는다.

뼈아픈 손실이 아닐 수 없었다.

그러나 지금은 이대로 낙심하고 있을 수만도 없는 상황.

청운은 쓰디쓴 마음을 뒤로하고 다시금 자신을 찾아온 여인과 눈을 마주했다.

"그쪽 이름은 무엇입니까?"

"전가은입니다."

"전가은?"

청운이 미간을 찌푸렸다.

반면 전가은은 죄인처럼 그저 책상만을 응시할 뿐이었다.

후암의 단원이라면 자신이 한 번 배신했다는 사실을 알 수밖에 없다.

단원의 배신은 그 어떤 정보보다도 빠르게 타 지부로 전달되기 때문이다.

배신자에게 다른 지부가 농락당해 정보를 누설하는 것을 막기 위함이다.

그만큼 후암은 철저하게 배신자를 솎아 내었고 전가은도 예외는 아닐 것이었다.

하지만……

"후우."

작게 한숨을 내쉰 청운이 입을 열었고.

귓가에 들려온 음성은 그녀의 예상과는 한참이나 달랐다.

"그래서, 운성에는 무슨 임무를 가지고 오셨습니까?"

"……네?"

"오해는 마십시오. 그쪽이 마음에 들어서 이러는 게 아니니까."

청운이 또다시 한숨을 푹 내쉬며 당황해하는 전가은에게 진의를 내비쳤다.

"훗날 지부로 찾아오거든 절대로 내치지 말라. 그것이 당신의 배신을 알릴 때 함께 하달된 단장님의 지시입니다."

"단장님이요?"

유현성은 전가은이 배신을 할 수 있다는 것도, 그리고 그녀가 이주원에게 버림받을 수 있다는 것까지 생각하고 있던 것이다.

"그래요. 그리고 단장님과 단원들의 소식을 들고 오지 않았습니까? 배신자라면 그럴 필요도, 굳이 암구호를 대며 이곳에 들어올 이유도 없겠죠."

말은 그렇게 했지만 여전히 내키지 않는 듯 여전히 인상을 찌푸리는 청운이었다.

"그래도 같은 공간에 있기는 거북하니까 빨리 끝내죠. 뭘

137

원하십니까?"

"지금 당장은 아무것도 없습니다. 그저 한백사를 감시하는 것을 도와주셨으면 합니다. 특별한 일이 있다면 전부 보고해 주세요."

"알겠습니다. 그럼 연락은 매일 자시 초에 하는 것으로 하죠."

청운은 빠르게 자리에서 일어났다.

전가은은 그런 그의 뒤에 대고 말했다.

"저기…… 감사합니다."

"감사할 거 없습니다. 명령이 아니었다면 도와줄 일은 없었을 테니까요."

그 말을 끝으로 자리를 벗어나는 청운이었으나, 전가은은 그조차도 고맙게만 느껴졌다.

이렇게 대화를 섞어 주는 것만으로도 마음이 편한 그녀였다.

그렇게 운성에 도착한 지 며칠이 흘렀다.

신평에서 달려온 정보부원이 매일같이 운성 관청을 들락날락했으나 한백사는 그 어떤 움직임도 보이지 않았다.

그러나 그러한 평온은 한 남자의 등장으로 깨졌다.

바로 이서하가 등장한 것이었다.

전가은이 움직이기 시작한 것도 동시였다.

이서하가 나타났으니 한백사가 확실히 움직일 것이라 판단한 그녀는 관청 밖에서 동향을 살폈다.

대화 내용까지 엿들을 순 없었으나 상황이 어떻게 돌아가는지는 멀리서도 충분히 확인이 가능했다.

의기양양하게 나오는 한영수와 이서하.

그로부터 얼마 지나지 않아 극도로 흥분한 걸음걸이로 뒷문을 나서는 한백사와 그 뒤를 묵묵히 따르는 다섯 무사.

근심 어린 얼굴로 수군거리며 관청을 떠나는 관리들까지.

모르긴 몰라도 이서하의 노림수에 한백사가 완전히 넘어간 것이 분명했다.

'가만히 있어도 찬성사님이 알아서 하시겠네.'

한백사가 아무리 날고 기어도 이서하를 당해 낼 수는 없겠지.

이서하를 감시하며 그의 일처리 방식을 수없이 봐 왔기에 확신할 수 있었다.

그렇다면 자신이 할 일은 혹시 모를 사태를 대비해 한백사를 감시하는 것.

수상한 점이 보이면 즉시 이서하에게 전달만 하면 된다.

그렇게 생각했다.

한 남자가 운성에 찾아올 때까지는 말이다.

해가 넘어가고 달이 떠오른 시간.

아직 관청에 숨어 한백사를 살피고 있던 전가은의 눈에 두 남자가 처소에 들어서는 것이 보였다.

상반되는 외형을 갖춘 정체불명의 인물들.

그중에서 유독 눈길을 사로잡는 이는 왜소한 체형의 사내였다.

장발에 백옥과도 같은 피부.

하얀 도복을 신선처럼 나풀거리며 안으로 들어서는 익숙한 걸음걸이.

'……누구지?'

분명 어디선가 본 적이 있는 모습이었다.

그렇게 의문을 가득 바라보고 있을 때.

때마침 드리운 달빛에 얼굴이 드러나고 전가은은 그대로 굳어 버렸다.

"……방주?"

이주원.

그 어떤 존재보다 의지했고, 또 사랑했던 사람.

인생의 전부였던 그 남자가 운성에 나타난 것이었다.

그 순간 뭔가에 홀린 듯 이주원을 바라보던 전가은은 이내 정신을 차리고 황급히 몸을 숨겼다.

이주원의 옆에 있는 남자 때문이었다.

'십중팔구 백야다.'

지금 이주원의 옆에 있을 만한 거구의 존재라면 그뿐이었으니까.

이윽고 두 사람이 한백사의 처소 안으로 완전히 들어선 직후 전가은은 도망치듯 자리를 벗어났다.

혹여 자신이 염탐하고 있는 것을 백야차에게 들킬 수도 있기 때문이었다.

그렇게 다시금 운성 지부로 돌아온 전가은은 삿갓을 벗으며 생각에 잠겼다.

'방주가 왜 여기에…….'

사실 전가은은 이주원을 마냥 미워할 수 없었다.

비록 마지막에는 자신을 버리고 떠났다고 하더라도 가장 필요할 때 손을 내밀어 줬던 사람이 아니던가.

그러나 마음속 한편에 남아 있던 믿음조차도 산산이 부서졌을 때.

전가은이 느낀 배신감을 이루 말할 수 없었다.

자기만 살겠다고 방주가 도망친 그날.

은월단, 나찰과 마물의 습격에 홍등가는 파괴되었으니까.

과거의 악몽이 또다시 눈앞에 펼쳐졌다.

발난타가 하늘을 뒤덮었던 날의 풍경이.

어떻게든 한 명이라도 더 살리기 위해 발버둥 쳤었다.

하지만 뛰어난 무사들도 죽어 나가는 와중에 고작 은신술과 경공만 익힌 그녀가 할 수 있는 일은 많지 않았다.

그저 지켜보는 것이 전부였다.

떨어지는 돌에 깔려 죽어 가는 기생들의 죽음을.

새 시대조차 보지 못한 채 어린 꽃들이 전부 꺾여 나가는 모습을.

'아무리 나의 은인이더라도…….'

결코 용서할 수 없었다.

하지만 아직은 때가 아니다.

전가은은 입술을 깨물며 치솟는 분노를 억누르고 또 억눌렀다.

이윽고 요동치던 심장이 다시금 정상으로 돌아오고 전가은은 근본적인 질문을 던졌다.

'왜 운성으로 왔을까?'

이제 아무 힘도 없는 그가 운성을 찾아와 한백사를 만날 이유가 있는가?

'몸을 의탁하시려는 것일까?'

충분히 그럴 수 있다

운성은 홍등가의 가장 큰 손님 중 하나.

그런 의미에서 이주원이 이곳을 찾은 건 그리 이상한 일이 아니다.

돈과 권력만 있다면 운성만큼 살기 좋은 도시도 없었으니까.

하지만 그렇다고 하기에는 한 가지가 걸렸다.

바로 백야차였다.

'왜 아직도 방주와 함께하는 거지?'

백야차가 이주원을 데리고 탈출했다는 건 알고 있는 사실이고, 충분히 납득할 만한 일이었다.

같은 은월단 소속이니 한 번쯤은 구해 줄 수도 있으니까.

하지만 모든 걸 잃어 효용 가치가 떨어진 지금까지도 함께 하고 있다?

논리적으로 납득할 수 없는 일이었다.

'아직 방주에게 얻을 게 남아 있다는 뜻이다.'

과연 그것이 무엇일까.

백야차가 이주원을 필요로 할 곳이 어디 있을까.

그런 고민을 거듭하자 전가은은 한 가지 사실을 떠올릴 수 있었다.

과거부터 백야차가 이주원, 은월단과 함께한 이유.

'분명 동생을 되찾기 위함이라고 했다.'

서서히 흩어졌던 조각들이 모이며 하나의 그림을 완성해 갔다.

백야차가 모든 것을 잃어버린 방주와 여전히 동행하고 있으며 운성까지 함께 찾아온 것.

결론은 한 가지뿐이었다.

"백야차의 동생이 여기 있구나."

그것 외에는 두 사람이 동행할 이유 따윈 존재하지 않았다.

그렇다면 이제 '왜 운성인가?'라는 물음에 대한 답을 찾아야 할 때였다.

'방주, 대체 무슨 꿍꿍이를 품고 있습니까?'

또다시 장고의 고민이 이어졌다.

그렇게 얼마의 시간이 흘렀을까?

전가은이 감았던 눈을 뜨며 작게 한숨을 내쉬었다.

'십중팔구 찬성사님과 관계가 있겠지.'

이서하가 등장한 때와 이주원이 운성을 찾은 시기가 너무도 적절했다.

설사 의도되지 않은 상황이라 해도, 이서하가 운성에 있음을 알게 됐을 테니 이를 가만히 내버려 둘 리는 없을 터.

조만간에 두 사람이 부딪칠 것은 불 보듯 뻔한 일이었다.

'백야차의 실력은 아마도 찬성사님과 백중세.'

상황에 따라 승패가 갈릴 가능성이 크다.

게다가 방주님의 성격을 고려한다면…….

'기습을 하거나, 아니면 인질을 잡겠지.'

과연 후암의 단원들만으로 저들의 계획을 막아 낼 수 있을까?

그 물음에 전가은은 고개를 가로저을 수밖에 없었다.

고민할 필요도 없이 자신들로서는 역부족이었으니 말이다.

그렇다면 어떻게 해야 할까? 이서하를 의지한 채 가만히 지켜봐야만 하는 것일까?

그때 한 가지 묘수가 전가은의 머리를 스쳐 지나갔다.

'굳이 백야차를 막을 필요가 있을까?'

그 순간이었다.

"야참을 가지고 왔습니다. 나으리. 잠시 실례하겠습니다."

벌써 자시 초가 된 것이었다.

그렇게 청운이 방 안으로 들어오는 순간 전가은이 벌떡 일어나며 말했다.

"지금 당장 알아봐 줘야 할 것이 있습니다."

"⋯⋯."

청운은 슬쩍 뒤를 돌아본 뒤 조심스럽게 문을 닫았다.

"여기서는 입을 조심하십시오. 먼저 안으로 들어가서⋯⋯."

청운이 엄중히 경고했으나 마음이 급했던 전가은은 얼굴을 가리는 것도 잊은 채 말을 이어 갔다.

"여자."

"⋯⋯?"

"여성 나찰을 하나 찾아야 합니다."

시간이 없다.

백야차를 막을 수 없다면 같은 편으로 만들면 될 일이었다.

갱도 안으로 들어온 지 몇 시진이 지났다.

나는 최 무사의 뒤를 따라 계속해서 안으로 걸음을 옮겼다.

"생각보다 머네요?"

"그러게."

냄새나고 좁은 길,

그 안에서 계속 걷기만 하다 보니 신경이 예민해지는 것은 어쩔 수 없다.

나는 앞장서서 걷는 최 무사를 향해 말했다.

"얼마나 더 걸립니까?"

"지금도 최대한 빠르게 가는 것입니다. 한 가주님이 심혈을 기울여 만든 미로라 다른 이들이라면 일주일은 족히 걸립니다."

"일주일이나요? 그럼 선배님들은 보통 얼마나 걸립니까?"

"족히 하루는 소요됩니다."

하루씩이나 걸린다고?

그 말에 나는 정이준에게 시선을 돌렸다.

"거짓말 같지?"

"당연하죠. 일주일이 뭐야 일주일이. 거짓말을 하려면 좀 그럴듯하게 하든가."

확실하다.

길을 전부 아는 화경의 고수가 왕복으로 이틀이나 걸리는 미로를 만들어 놓고 그 안에 영약을 넣어 놨다고?

그럼 뭐 정작 필요할 때 최 무사 같은 고수를 이틀 동안 갱도 안으로 보낸다는 소리야 뭐야?

그건 너무나도 비효율적이지 않나.

오냐오냐해 줬더니 대놓고 장난질이네.

슬슬 느슨해진 마음에 긴장감을 불어넣어 줄 차례인 것 같다.

때마침 비교적 넓은 공간이 나와 앞서가는 최 무사를 불러 세웠다.

"잠시 쉬어 갈까요?"

"아! 네. 찬성사님."

최 무사가 한숨을 내쉬며 앉고 나는 정이준과 함께 구석으로 이동했다.

"어때? 있냐?"

"네, 역시나네요."

"그렇단 말이지……."

걸어가다 보면 틈틈이 넓은 휴식 공간이 나왔다.

이상할 건 없다.

광부들도 앉아서 숨 돌릴 시간은 필요하고, 다 같이 모여 밥도 먹어야 할 테니 중간중간 넓은 공터가 존재하는 건 무리도 아니다.

문제는 공간의 존재가 아닌 생김새가 전부 똑같이 생겼다는 데 있었다.

마치 똑같은 곳인 것처럼.

그래서 한 가지 조치를 취해 놓았는데.

"여기 보십쇼. 제가 표시해 둔 게 그대로 있네요."

이준이가 그려 놓은 삼각형이 한 치도 틀린 부분이 없이 바닥에 그려져 있다.

그 말인즉슨.

"똑같이 생긴 게 아니라 같은 곳을 돌고 있었다는 말이네."

"시간을 끌고 있었단 뜻이겠죠."

"그러게."

역시 아무에게나 호의를 베풀어선 안 되는 건가?

같은 마음이었는지 옆에 있던 아린이 끼어들었다.

"하나 죽일까?"

순진무구한 얼굴로 무서운 소리를 한다.

나는 고개를 절레절레 흔들었다.

"아니, 죽이는 건 안 돼."

나는 고개를 가로저으며 자리에서 일어났다.

지금껏 너무 많은 인간의 피를 흘렸다.

게다가 하나의 전력조차 아껴야 하는 지금.

피의 복수는 정답이 아니다.

"사람을 그렇게 쉽게 죽이면 안 되는 거야. 잘 봐. 내가 어떻게 하는지."

나는 쉬고 있는 네 명의 무사들에게 향했다.

"선배님들. 막간을 이용해 질문 하나를 하겠습니다."

"네, 찬성사님. 편하게 말씀하십시오."

"다들 자식은 있으시죠?"

"저만 빼고 다들 있습니다. 여기 강 형님은 애만 다섯이고, 손주는 벌써 열이 넘습니다."

"그렇습니까? 근데 최 무사님은 왜 아직 장가를 안 가셨죠?"

"무에 집중하느라 가정을 꾸리지 못했습니다."

"그럼 그쪽은 안 되겠네요. 그래도 한 번의 기회는 더 주는 게 맞는 거 같습니다."

"네? 그게 무슨…….."

일단 어리둥절해하는 최 무사를 뒤로한 채 바로 옆에 있는 무사를 돌아봤다.

"그럼 일단 맛보기는 강 선배님부터 하죠. 가장 아쉬울 게 없으실 테니."

"뭘 저부터 하신다는 말씀이시지…….."

상황을 이해하지 못하는 건 강 무사 또한 마찬가지였으나, 굳이 설명해 줄 필요는 없었다.

"길 안내를 제대로 못 했으면."

나는 있는 힘껏 강 무사의 다리 사이를 향해 발을 찍었다.

픽! 하는 소리와 함께 무언가 터지는 소리가 울려 퍼졌다.

"허어어어억……!"

개 거품을 물며 쓰러지는 강 무사.

그와 동시에 최 무사가 화들짝 놀라며 외쳤다.

"이, 이게 무슨 짓입니까!"

설마 몰라서 물어보는 것일까?

나는 바로 최 무사의 멱살을 잡았다.

"그건 내가 묻고 싶은 말인데. 왜 빙빙 도는 거지? 급한 상황이라는 건 너나 나나 잘 알고 있는 사실일 텐데."

"비, 비, 빙빙 돌다뇨? 그게 무슨…….."

"다 알면서 헛소리하기는."

부여잡은 멱살을 잡아당겨 눈앞으로 가져다 댔다.

"잘 들어. 지금까진 넓은 아량으로 봐줄 거야. 하지만 한 번만 더 이상한 생각을 품으면 그때는 네 것도 터뜨려 버릴 거니까 명심해."

"……!"

바로 다리를 오므리는 최 무사였다.

그래, 무섭겠지.

지금이라도 가정을 꾸리고 싶다면 말이야.

그제야 손을 풀고 흐트러진 옷매무새를 다듬어 주었다.

"어때? 이젠 똑바로 안내할 생각이 드나?"

"……바로 안내하겠습니다."

"마지막 기회라는 거 잊지 마. 선배 대접 해 줄 때 잘하라고."

"가, 감사합니다."

난 벌벌 떠는 최 무사를 밀어낸 뒤 아린이를 돌아보며 말했다.

"봐봐, 안 죽이고도 잘 풀리지? 아린이 너도 이렇게 평화롭게 처리하는 법을 배워야 해."

"응. 열심히 배울게."

"……차라리 죽이는 게 낫지 않아요?"

이준이의 말은 가뿐하게 무시해 주도록 하자.

누구도 죽지 않고 협상을 마쳤으면 긍정적으로 해결된 것이지 않겠나.

이후 우리는 다시금 최 무사의 안내에 따라 이동을 시작했고.

그렇게 약 반 시진 후.

"바로 여기입니다."

마침내 거대한 석조 문으로 된 비고 입구를 마주할 수 있었다.

이렇게 빨리 찾을 수 있으면서 꼭 맞아야 잘한다니까.

"뭐 해요? 문 여시지 않고."

"……아, 지금 바로 열려고 했습니다."

굉음과 함께 서서히 움직이기 시작하는 석조 문.

그리고 코끝을 간질이는 짙은 냄새.

"으음!"

그 순간 나는 확신할 수 있었다.

한백사의 모든 영약이 숨겨진 만약비고.

마침내 그 실체를 마주했노라고.

만약비고(萬藥秘庫).

전설로만 들어오던 장소의 문이 열리며 가장 먼저 나를 반긴 것은 콧속으로 파고드는 향기였다.

씁쓸한 느낌을 시작으로 구수함과 퀴퀴함 등 다채로운 냄새의 향연.

이것만으로도 내부의 상태를 유추하기엔 충분했지만.

이윽고 활짝 열린 문 사이로 드러난 비고는 이미 예상했음에도 놀랄 만큼 엄청난 광경을 자아내고 있었다.

'대체 얼마를 쏟아부은 거야?'

일단 크기부터 압권이었다.

이만한 수준의 비고를 막장 안에 짓기 위해 얼마나 많은 인부를 고용했을까?

문제는 놀랄 만한 요소가 이것이 다가 아니라는 것이었다.

드넓은 공간만큼이나 셀 수 없이 많은 5단 선반들이 줄지어 놓여 있다.

그리고 각각의 선발들엔 다채로운 영약들이 종류별로 정돈되어 있었다.

당장 눈에 들어오는 것들만 해도 어마어마한 양.

단순히 보이는 것들만 해도 마련하는 데 어마어마한 금액이 들었음은 의심할 여지가 없었다.

거기에 화룡점정을 찍자면.

'온도와 습도 모두 약재 보관에 적합한 상태를 유지하고 있다.'

애초에 비고를 마련할 때부터 유지 부분까지 고려해 심혈을 기울였다는 뜻.

영약을 구비하는 것과는 차원이 다른.

단순히 가늠해 보는 것만으로도 경악할 만큼의 비용이 소모되었을 것이다.

평범하게, 도의를 지키며 진행했다면 말이다.

'그건 한백사를 얕보는 것이겠지.'

내가 아는 한백사는 정의와는 거리가 먼 사람.

그 늙은이가 제대로 임금을 주고 사람을 썼을 리가 없으니 말이다.

어떻게든 돈을 아끼려 수작을 부렸을 테지.

그렇게 아낀 돈을 영약의 구매와 비고의 보존에 투자에 사용했을 것이고.

'이렇게 보면 난사람은 난사람이라니까.'

한백사의 재발견은 이쯤에서 차치하고.

어쨌든 내가 기대했던 것보다 규모가 크다는 건 고무적인 일이었다.

"자, 그럼 한번 흩어져서 둘러볼까? 좋은 영약이 있으면 가져오고."

"네, 대장님."

"응, 알았어."

이준이와 아린이가 고개를 끄덕이고 흩어졌다.

직후 나는 최 무사에게로 시선을 돌렸다.

그는 구석에서 고자가 된 동료를 위로하고 있었다.

"그래도 형님은 손자도 보지 않았습니까? 너무 상심하시지 마십시오."

"지금 그런 말이 나오나! 그러게 내가 뭐라고 했는가? 그냥 안내해 주자고 하지 않았는가 말이야!"

"……."

"크흑. 내가 고자라니. 고자라니……."

참 구슬픈 대화로구나.

밟은 뒤 바로 치료해 주기는 했으나 터진 것을 복구할 수는 없었다.

더 이상 남자로 살아가는 건 불가능할 터.

가해자로서 심심한 조의를 표해 주었다.

직후 계획을 이행하기 위해 움직였다.

죽은(?) 사람은 어쩔 수 없지만 산 사람은 살아야 될 것 아니겠나.

"거기, 선배님?"

내 말에 최 무사가 화들짝 놀라며 고개를 돌렸다.

"네? 무, 무슨 마음에 안 드시는 점이라도……."

"아니요. 딱히 그런 건 없습니다만."

자라 보고 놀란 가슴 솥뚜껑 보고 놀란다더니.

자신도 언제 같은 꼴이 될지 몰라 두려움에 떨고 있었다.

어찌 됐든, 내 말에 복종할 가능성이 높다면 좋은 거겠지.

"안내 좀 부탁하려고요. 여기서 가장 비싼 영약이 뭔지 아시죠?"

"아, 당연히 알고 있습니다."

말을 끝내기도 전에 즉각 자리에서 일어났다.

그래, 앞으로도 그렇게만 하라고.

옆에 있는 분처럼 봉변을 당하기 싫으면 말이야.

"나머지 무사님들은 대기해 주세요. 짐을 가지고 나가셔야 해서. 도망치면, 아시죠?"

"……아, 알겠습니다."

차마 말을 잇지 못하는 강 무사와 마지못해 고개를 끄덕이는 다른 무사들.

선배들을 협박하는 건 그리 내키지 않지만 어쩌겠는가? 그러게 애초에 잘했으면 좀 좋아?

"그럼 앞장서시죠."

나의 말에 최 무사가 성큼성큼 걸어가더니 이내 한 선반 앞에 다가가 섰다.

"이건 소환단이라고 합니다. 한 상자에 10알이 들어 있고, 모두가 최상품입니다. 금액으로 환산하면 1만 냥이 넘습니다."

"아, 그래요?"

나는 최 무사를 바라보며 고개를 갸웃했다.

"그래서요?"

그렇게 삐딱하게 바라보고 있자 최 무사는 침을 꼴깍 삼키며 말을 이어 갔다.

"……이렇게 대단한 소환단보다도 더욱 좋은 약재로 만든 대환단이 있다는 걸 설명드리려던 의도였습니다. 자, 여길 보시죠. 자그마치 한 알에 1만 냥이 나가는 귀한 물건입니다."

한 알에 1만 냥이라니. 그거참 엄청난 가격이네그려.

"그런데요?"

"……."

대체 뭘 어쩌자고 저런 말들을 하는 것일까?

지금 나랑 장난하자는 뜻은 아니겠지?

"제가 고작 1만 냥짜리를 보러 이 막장까지 왔다고 생각하는 건 아니겠죠?"

물론 대환단은 그 자체로도 엄청난 영약이다. 이 한 알을 얻기 위해 목숨을 거는 무사들도 있으니 말이다.

하지만 나에게 있어선 발에 채는 길가의 돌멩이나 다름없었다.

이미 만년하수오, 공청석유 같은 진귀한 영약들을 섭취한 덕분에 기본적인 내공은 충분하니까.

지금 내게 필요한 것은 이것보다 더욱 희귀하며 진귀한 보물들.

나를 현경 그 이상.

입신경의 경지로 올려 줄 만한 전설적인 영약이었다.

"이런 거 말고 진짜 진귀한 걸 보여 주시죠."

"……더 진귀한 거 말입니까? 대환단보다? 그런 영약은 여기에도 없는 것으로…….."

최 무사의 반응으로 확신할 수 있었다.

애써 시선을 피하고 있으나, 그런 반응이 도리어 진귀한 영약이 있음을 증명하는 것이나 마찬가지였으니 말이다.

"그 말에 책임질 수 있습니까?"

그 말은 곧 더 이상 선배로 대접해 줄 필요가 없다는 뜻이기도 했다.

분명 한 번만 더 장난질하면 가만두지 않겠다고 경고하지 않았던가.

"안내해 주시기 싫으면 관두세요. 저 혼자 찾아볼 테니까. 대신 대환단보다 더 굉장한 영약이 나오면…….."

나는 말없이 강 무사 쪽으로 시선을 돌렸다.

그 효과는 굉장했다.

"있습니다!"

기겁하며 온몸을 부들부들 떨더니 이내 한 곳을 가리키는 최 무사였다.

애초에 이렇게 나왔으면 좀 좋아?

이 상황까지 와서 간을 보나.

모르긴 몰라도 언젠가는 저 성향 때문에 한번 큰일을 당할 것이다.

아니, 이미 당한 셈인가?

그렇게 협박 아닌 협박을 당한 최 무사는 비고 맨 안쪽으로 향했다.

이윽고 도착한 곳은 정체 모를 상자가 가득 쌓여 있는 공간.

누가 보더라도 안에는 평범한 영약만 들어 있을 것 같은 외견이었다.

"설마 이것들은 아니겠죠? 고급 영약치고는 너무 대충 쌓아 놓은 거 같은데요?"

최 무사는 강하게 고개를 내저으며 반론을 꺼내 들었다.

"그럴 리가요. 이건 그냥 눈속임용입니다."

최 무사는 곧장 상자를 하나를 내리며 말했다.

"도와주시겠습니까? 이걸 다 치워야 하거든요. 아, 그렇다고 던지지는 마십시오. 그 안에 있는 것도 비싼 영약입니다."

최 무사의 요청대로 상자를 치워 주었다.

그러자 바닥으로 작은 문이 모습을 드러냈다.

갱도 밑의 비고, 그 비고 밑에 또 비밀 창고라니.

한백사 그 늙은이도 참 대단하다.

최 무사는 작은 통로의 입구를 열며 말했다.

"이곳은 저와 한백사 님만 아는 곳입니다. 찬성사님께서 원하시는 영약이라면 이 안에 있을 겁니다."

"그럼 먼저 들어가시죠."

"……네?"

"함정일 수도 있잖습니까?"

"……그, 그렇겠지요. 생각이 짧았습니다. 제가 앞장설 테니 따라 들어오시죠."

최 무사는 한숨과 함께 안으로 들어갔다.

그렇게 안으로 들어가는 순간.

숨이 멎을 것 같은 거대한 양기에 소름이 돋았다.

고개를 들어 기운의 진원을 마주한 찰나.

"……!"

나도 모르게 순간적으로 물러날 수밖에 없었다.

눈이 마주친 것은 거대한 두 마리의 영물.

'심장 떨어지는 줄 알았네.'

요지부동인 것으로 보아 이미 죽은 상태였다.

그럼에도 나를 물러서게 만들 정도로 압도적인 기운을 뿜어내는 존재.

나는 벌렁거리는 심장을 진정시키며 두 영물을 향해 걸어갔다.

"……금구와 금와."

평범한 영물은 아닐 것이다.

죽어서도 이만한 양기를 뿜어낸다는 건 장구한 세월을 살아왔기에 가능할 테니까.

아마도 이름 앞에 '만년'이란 수식어가 덧붙여지겠지.

'양기 그 자체라고 불릴 존재니까.'

당황과 놀라움 뒤로 강한 만족감이 찾아왔다.

내가 상상하던 것 그 이상의 존재가 나타났으니 말이다.

나의 경지를 한 단계 올려 주기에 부족함이 없는 영물들이었다.

그런 경탄 이후에 머릿속을 가득 메운 것은 한 가지 의문이었는데…….

"이걸 어떻게 구한 겁니까? 설마 돈으로 산 건 아니겠죠?"

"말씀대로입니다. 제국의 상인에게서 구하셨습니다."

"……."

순간 말문이 막혀 아무 말도 할 수 없었다.

'그런 방법도 가능한 거구나.'

영약을 찾는 방법은 여러 가지가 있다.

약초꾼처럼 직접 찾아다니는 것이 첫 번째.

하늘이 도와 기연을 만나는 것이 두 번째.

그리고 이렇게 한백사처럼 돈으로 사들이는 것이 바로 세 번째이다.

그러나 보통 세 번째 방법, 돈지랄은 다른 두 가지 방법에 비해 저평가되는 경향이 있다.

'정말 희귀한 영약은 값을 매길 수 없으니까.'

생각해 보라.

눈앞의 만년금구와 금와 같은 영물을 잡기 위해서는 높은 수준의 무사가 필요하다.

최대한 손상을 입히지 않은 상태로 시체를 확보해야 하니 말이다.

이마저도 쉽지 않은 일이지만, 문제는 하나 더 있었다.

과연 만 년에 한 번 탄생하는 영물을 손에 넣었는데 거금을 준다고 팔겠는가?

내단을 섭취해 소화할 수만 있다면 이 세상을 지배할 수도 있는데?

나 같으면 절대 팔지 않는다.

다른 무사들도 별반 다르지 않을 것이라 여겼다.

하지만 그건 내 착각이었나 보다.

"도대체 얼마를 준 겁니까?"

"금으로 1,000근 정도였을 겁니다."

"많이도 줬네요."

그런 명언이 있다.

무언가 돈으로 해결할 수 없는 일이 있다면, 보유한 돈이 모자란 것이다.

그 말이 옳았음을 새삼 깨닫게 되는 순간이었다.

'뭐, 그거야 그렇다 치고.'

어쨌든, 결과적으로 나에게는 그 어떤 때보다 좋은 소식이다.

이렇게 엄청난 영약을 사 놓으시다니.

우리 위대한 한 가주님에게 무한한 영광을 돌리며 잘 먹도록 하겠다.

하지만 두 영물의 시체를 바닥에 내려놓고 나니 또다시 벽을 마주할 수밖에 없었다.

"이걸 어쩐다……."

내단을 꺼내 먹어야 된다는 건 변함이 없다.

문제는 어떻게 먹냐는 것.

내단은 영물의 몸에서 빼내면 효과가 금세 날아가 버리기 때문이었다.

'지금이야 온전한 시체 안에 있어 기운을 간직하고 있지만.'

갱도 밖으로 나갈 때까지도 멀쩡하리라는 보장은 없었다.

금와랑 만년금구를 가지고 나가는 것도 문제였다.

두 마리를 짊어지고 통과하기엔 갱도의 내부가 너무도 비좁았으니 말이다.

그렇게 고민을 거듭하던 나는 한 가지 결론을 내렸다.

"여기서 먹고 가야겠네."

만년금구와 금와.

두 내단을 이 자리에서 섭취하고 소화한 후 밖으로 나가는 것이다.

"어쩔 수 없지."

언제 다시 얻을지 모를 영양이기에, 굳이 손해를 감수할 필요는 없지 않는가.

나는 밖으로 슬쩍 고개를 내밀어 목소리를 높였다.

"아린아!"

외침과 동시에 아린이가 바람처럼 달려왔다.

"불렀어?"

"이 입구 좀 지켜 줄래? 아무래도 여기서 영약을 좀 섭취해야겠어."

"이 자리에서?"

"응. 부탁 좀 할게."

아무리 나라고 하더라도 운기조식을 하는 동안에는 무방비 상태가 된다.

그사이 최 무사 패거리가 뭔 짓을 꾸미면 위태로울 수 있다는 소리다.

아린이를 부른 것도 그 때문이다.

입구는 여기 하나뿐.

아린이가 이 입구만 잘 지켜 준다면 위험할 일은 없다.

"들으셨죠, 최 무사님? 밖으로 나가 주시겠습니까?"

"알겠습니다."

최 무사가 밖으로 나가고 나는 아린이를 향해 나지막이 당부를 건넸다.

"혹시라도 저놈들이 이상한 짓을 하면 손 좀 봐 줘."

"응, 반드시 죽일게."

반드시 죽일 필요까지는 없는데?

아린이의 살기를 보니 진짜로 초상을 치를지도 모르겠다.

하지만 딱히 말릴 생각은 없다.

"그럼 부탁할게."

분명 더 이상은 기회를 주지 않겠다고 경고를 했다.

이를 못 알아듣는다면 그건 당사자들의 책임일 뿐.

그리고 바보가 아닌 이상에야 대놓고 살기를 뿜어 대는 아린이에게 덤비지는 않겠지.

운성의 무사들도 그 정도는 알아볼 경지는 됐으니 말이다.

그렇게 만반의 준비를 갖춰 놓은 뒤 만년금구와 금와의 앞에 다가가 섰다.

'슬슬 시작해 볼까?'

정작 내단을 먹으려니 나로서도 긴장될 수밖에 없는 노릇이라 차분히 심호흡을 하며 들뜬 마음을 다스렸다.

과연 이 두 영물의 내단을 소화해 낼 수 있을까?

혹여 도중에 사단이 벌어지기라도 한다면…….

찰나의 순간 걱정이 물밀듯 밀려들지만, 나는 오히려 두 영물을 응시하며 두려움을 떨쳐 냈다.

이대로 겁먹고 물러날 수는 없었기에.

알파를 만나 모든 것을 잃는 것보다는 나았기에.

'그 어린 시절에도 만년하수오랑 공청석유를 흡수했는데.'

고작 거북이랑 두꺼비 내단 따위에 쫄쏘냐?

고작은 아니지만 무튼.

나는 다시 한번 심호흡을 한 뒤 만년금구와 금와를 갈라 내단을 빼낸 뒤 즉시 입에 넣었다.

쓰고 비린 향이 난다.

그에 굴하지 않고 두 내단을 씹지 않고 곧장 목으로 넘겼다.

온몸에 양기가 퍼지며 온몸이 불타는 것과 열기가 느껴졌다.

"크윽!"

고통을 느끼는 것도 잠시.

황금빛 섬광이 눈앞을 가린다.

그리고 그 순간.

내 눈앞에서 새로운 세상이 펼쳐졌다.

◆ ◈ ◆

해운산 계곡.

백야차는 넓게 포진해 있는 시광대를 바라보며 고개를 주억거렸다.

"역시나 지키고 있군."

"다들 실력은 괜찮은 거 같습니다."

"저들은 내가 상대한다. 너희들은 작전에 집중하도록. 그럼 각자 위치로."

"네!"

백야차의 명령에 유비타와 아카가 고개를 끄덕이고는 사라졌다.

그와 동시에 백야차는 시광대원들이 있는 곳으로 도약해 들어갔다.

"……!"

가장 먼저 백야차를 발견한 것은 진유화였다.

"나찰이다!"

진유화가 소리치자 시광대원들이 일제히 백야차에게로 시선을 돌렸다.

수많은 눈동자가 자신에게 집중됨에도.

백야차의 표정엔 일말의 변화도 없었다.

"그나저나 역시 인간들은 이해가 가지 않아."

이윽고 주변의 나무들이 흔들리기 시작했다.

중심력(中心力).

백야차의 요술에 나무와 바위가 뽑혀 나오며 그를 향해 날아오기 시작했다.

"부하들까지 전부 묻어 버리라니……."

이주원이 제안하고 한백사가 승낙한 작전.

"너무하네."

그것은 바로 만약비고의 폐쇄였다.

Chapter 134.

Chapter 134.

　운성 한씨의 저택.

　그곳에는 허가받은 인간을 제외고하는 그 누구도 들어갈 수 없는 비밀 장소가 존재했다.

　바로 '한백사의 정원'.

　일반적인 의미와는 차이가 있으나, 한 인간에게 황홀한 광경을 선사한다는 측면에선 더없이 적절한 표현이었다.

　한 떨기 꽃 대신 도자기와 조각상, 그리고 수많은 예술품들이 자리하고 있었으니 말이다.

　그런데 그곳을 홀로 거니는 노인의 표정에 수심이 한가득했다.

뒷짐을 진 채 묵묵히 걸음을 내디딜 뿐이었다.

그런 그에게 한 여인이 다가와 고개를 숙였다.

"안녕하십니까? 가주님."

"용케도 알아보는구나."

피식 웃어 보이는 노인.

다름 아닌 정원의 주인인 한백사였다.

"눈도 멀었으면서."

한백사는 언뜻 비웃음이 느껴지는 얼굴로 눈앞의 여인을
바라봤다.

홍등가가 공격받기 전, 정확히는 이주원의 자수 작전이 시
작되기 전에 홍등가를 떠나 이곳 운성으로 온 여인.

낙화루의 방주 미월이었다.

"향기로 알았습니다."

"향기?"

"모든 이들에게 각자의 향기가 있듯, 가주님께서도 고유의
향이 있습니다."

한백사는 흥미롭다는 듯 고개를 끄덕였다.

"그래, 그럼 나에겐 무슨 향기가 나더냐?"

"……."

미월이 선뜻 대답하지 못하자 한백사는 조금 전처럼 피식
웃어 보였다.

다만 이전같이 비아냥거리는 의미의 웃음은 아니었다.

"그리 좋은 향기는 아닌가 보구나. 그랬다면 바로 대답을 했겠지."

"아닙니다."

"됐다. 그런 걸로 나무랄 생각은 없으니. 그보다, 설화는 안에 있느냐?"

미월은 난처한 기색을 지우며 즉시 비켜섰다.

그녀가 운성에 온 이유.

그것은 한 존재를 보필하기 위해서였다.

"바로 안내해 드리겠습니다."

미월은 지팡이를 획획 저으며 앞서나가기 시작했다.

한백사가 그 뒤를 따라 천천히 걸음을 옮긴 지 얼마 지나지 않았을 무렵.

한 여인의 뒷모습이 두 사람의 시선에 들어왔다.

그녀 또한 인기척을 느꼈는지 뒤를 돌아봤고.

"……."

한백사는 순간 넋을 놓을 수밖에 없었다.

백옥과도 같은 피부와 윤기 나는 은발.

마치 태양을 품은 듯한 붉은 눈과 보는 순간 홀릴 수밖에 없는 외모.

도처에 널려 있는 예술품을 한순간에 보잘것없는 물건으로 전락시켜 버리는 미(美)가 눈앞에 있었으니 말이다.

"오셨습니까? 가주님."

새하얀 눈밭 위에 피어난 붉은 동백꽃.

설화(雪花).

바로 백야차의 동생이었다.

화사한 미소로 맞이하는 여인의 음성에 한백사는 겨우 정신을 차릴 수 있었다.

"그래, 잘 지냈느냐? 어디 불편한 데는 없고?"

"배려해 주신 덕분에 편히 지내고 있습니다."

"다행이구나. 약은 잘 먹고 있느냐?"

"때에 맞춰 먹고 있습니다. 가주님의 하해와 같은 은혜에 다시 한번 감사드립니다."

"감사하기는. 네가 이렇게 내 곁에 있다는 것이 더 감사하지."

한백사는 설화의 옆에 앉으며 그녀의 손을 잡았다.

나찰 특유의 차가운 기운이 밀려들지만, 한백사는 떼어 낼 생각을 하지 않았다.

그렇게 한백사가 조용히 손을 잡고만 있자 설화가 먼저 입을 열었다.

"무슨 고민이라도 있으십니까?"

"……."

평온했던 한백사의 얼굴에 수심이 드리워졌다.

'조금의 욕심을 버린다라……..'

미간이 찌푸려지며 눈꺼풀이 서서히 감겨 갔고.

이내 조금 전 이주원을 마주했던 장면이 눈앞에 펼쳐졌다.

"갱도 입구에 불을 지르십시오."

그렇게 되면 말라비틀어진 목조 지지대가 전부 불에 타 무너져 내릴 것이고.

아무리 날고 기는 이서하라 해도 십 리가 넘는 지하를 뚫을 수는 없을 테니 천천히 연기에 질식될 수밖에 없다는 뜻이었다.

문제는 그에 따라 수반되는 피해들이었다.

"지금 나더러 비고를 포기하라는 건가?"

충격적인 제안이었다.

이주원이 꺼낸 수는 만약비고의 폐쇄를 내포하고 있었으니 말이다.

비고 안에는 한백사가 평생을 모은 영약들이 가득했다.

만년금구나 금와의 내단처럼 다시는 구경도 못 할 진귀한 것들도 있었다.

그런데 이를 모두 포기하라니.

말도 안 되는 일이었다.

한백사가 기가 찬 얼굴로 노려보자 이주원은 어깨를 으쓱하며 능청스럽게 받아쳤다.

"그렇게 해서 이서하만 죽일 수 있다면, 가주님껜 더할 나위 없는 이득이 될 것입니다."

뒤이어진 이주원의 음성은 한백사가 귀를 기울이게 만들기에 부족함이 없었다.

"생각해 보십시오. 아무리 가치가 대단한 영약이라 한들 가주님께서 사용할 수 없다면 무슨 소용이겠습니까? 그보단 시대의 흐름을 타는 것이 더 중요하지 않겠습니까?"

시대의 흐름을 탄다.

이 말이 의미하는 바는 분명했다.

"은월단과 한배를 타란 것인가?"

"역시 명철하십니다."

굳이 설명할 필요가 없어진 것이 만족스러운지 이주원이 입가에 미소를 머금으며 고개를 끄덕였다.

"은월단에선 한 가주님을 인정할 수밖에 없을 것입니다."

지금까지 이서하를 죽이려던 시도는 번번이 실패로 돌아갔다.

아니, 그뿐이면 다행이었다.

되레 당한 일도 수두룩했기에 결국 이 지경에 이르지 않았던가.

은월단에게 있어 이서하는 눈엣가시나 다름없었다.

그런 골칫덩이를 처리해 준다면 은월단이 어떻게 나올지는 굳이 고민할 필요도 없었다.

은인과 마찬가지인 사람을 인정하지 않을 수 없을 테니 말이다.

곰곰이 생각에 잠겨 있던 한백사가 날카로운 시선으로 이주원을 응시했다.

"확실하게 죽일 수 있겠지?"

"빠져나올 방법 따위는 없을 겁니다."

그때였다.

"그 안에는 당신 부하도 있지 않은가?"

백야차가 처음으로 한백사에게 질문을 던져 왔다.

"그들도 같이 묻힐 텐데?"

"그래서?"

한백사가 인상을 찌푸리며 대놓고 불만을 드러냈다.

도대체 왜 이딴 쓸데없는 질문을 하는지 이해할 수 없었기 때문이다.

"비고도 포기하는 마당에 부하 놈들 몇 명 잃는 것 따윌 왜 신경 써야 하지?"

"그런가?"

백야차는 피식 웃고는 더 이상 들을 것도 없다는 듯 자리에서 일어났다.

"아, 이번 일이 끝나는 대로 설화라고 부르는 여자를 꼭 돌려줘야 한다는 걸 잊지 마라."

"걱정하지 마라. 약속은 지키는 사람이니."

"그 말이 사실이어야 할 거야. 죽고 싶지 않다면."

그 경고를 끝으로 한백사의 회상은 마무리되었다.

그리고 떠나는 백야차의 등 뒤를 바라보던 시선엔 어느새 설화가 비춰지고 있었다.

'……'

이제 설화에게도 오라버니가 찾으러 왔다는 사실을 알려야 했다.

하지만 쉽게 입이 떨어지지 않았다.

영약들을 전부 포기했다.

운성오강 또한 같이 묻어 버렸다.

그리고 설화마저 포기해야 하는 순간을 맞이했다.

과연 그렇게 하는 것이 맞는 것일까?

'나는······.'

처음 미월이 데리고 온 그 순간부터.

첫눈에 빠져들었다.

설화는 지금껏 봐 왔던 수많은 예술 작품 중 최고였다.

단언컨대 이보다 뛰어난 예술품은 없다고 확신할 수 있을 정도로 말이다.

그렇기에 장고 끝에 내린 결론은 명확했다.

'절대 내줄 수 없다!'

모든 걸 잃더라도 설화만큼은 빼앗겨선 안 된다.

그것이 한백사가 선택한 길이었다.

한백사는 양손으로 설화의 손을 강하게 붙잡았다.

"아니, 아무 일도 없다."

아무 일도 없다.

설화는 결코 자신을 떠날 수 없을 테니까.

◆ ◈ ◆

"저기구나."

운성오강도, 백야차도 사라진 후 전가은은 편안하게 한백사를 감시할 수 있었다.

그로부터 얼마 지나지 않아 한백사는 저택 밖으로 나와 정원으로 향했다.

그 순간 전가은은 본능적으로 알 수 있었다.

저곳에 백야차의 동생이 있다는 것을.

문제는 알았다고 해서 모든 게 해결된 건 아니라는 것이었다.

'……음?'

정원 안으로 들어선 순간 한백사의 모습이 흔적도 없이 사라져 버린 것이다.

진으로 정원을 보호하고 있음을 뜻했다.

게다가 입구를 지키는 무사들까지 있어 돌파할 방법이 마련되지 않으면 일을 그르칠 가능성이 높았다.

'그래도 불가능한 것은 아니다.'

진을 들어가는 가장 확실한 방법.

그것은 안으로 들어간 사람이 밖으로 나오는 순간을 노리는 것.

이를 성공시키기 위해서는 일단 한백사를 밖으로 끄집어내야만 했다.

'그러면서도 진 입구에 서 있는 무사들도 함께 처리해야 하는데…….'

그럴 수 있는 최선의 수가 무엇일까?

정원을 바라보며 고민하던 전가은이 문득 어디론가 시선을 돌렸다.

이 난관을 타개하는 데 도움을 줄 수 있는 존재를 떠올린 것이다.

'한영수.'

소가주가 된 이서하의 동료.

그가 도와준다면 가능하지 않을까?

확신할 수 없으나, 그만큼 적격한 인물은 쉽게 찾을 수 없었다.

전가은은 고민할 시간도 아깝다는 듯 한영수의 저택으로 향했다.

마침 그는 자신의 방에서 휴식을 취하고 있었다.

전가은은 몰래 숨어든 뒤 한영수의 앞으로 착지했다.

"한영수 소가주님."

"힉!"

한영수가 식겁하며 뒤로 물러났다.

"누, 누구냐!"

"후암의 단원입니다. 소가주님의 도움이 필요해 찾아뵈었습니다."

한영수는 여전히 의심의 눈초리로 전가은을 바라봤다. 쉽게 믿을 수 있는 발언은 아니었던 것이다.

"아니, 갑자기 그런 말을 해도……."

"믿기 힘드시다면 설명을 듣고 판단하셔도 좋습니다. 지금 이서하 님이 위험합니다."

이서하의 이름이 거론되자 한영수의 눈빛이 돌변했다.

"이서하? 그놈이 왜……?"

한영수에게 있어 이서하는 할아버지, 한백사와 싸울 수 있게 해 주는 든든한 아군이었다. 거기에 더해 스스로는 이서하를 가장 친한 친구라고 생각했다.

그렇기에 갑자기 나타난 사람이 수상스럽더라도 이서하라는 이름이 나온 이상 한번 이야기를 들어 볼 필요성이 있었다.

"말해 보세요."

"백야차가 이곳에 왔습니다."

"백야차? 그게 뭡니까?"

"나찰입니다."

한영수는 침을 꼴깍 삼켰다.

"호, 혹시…… 수도를 쑥대밭으로 만든 놈입니까?"

"그건 아닙니다만, 강한 나찰인 것은 부정할 수 없습니다."

전가은은 진지하게 말했다.

"설령 이서하 님이라 해도 위험할 정도로요."

"……그렇게 강한 나찰이라면 내가 어떻게 할 수 있는 일이 없을 거 같은데. 대체 뭘 부탁하고 싶은 거죠?"

이서하조차도 장담할 수 없는 수준의 나찰.

그런 나찰을 상대로 자신이 도울 수 있는 게 무엇일까?

회의적인 생각에 한영수가 고개를 저으려는 찰나, 전가은
이 단호한 음성을 내뱉었다.

"충분히 하실 수 있습니다. 제가 한백사의 정원 안으로 들
어갈 수 있게만 만들어 주시면 됩니다."

"할아버지의 정원 말입니까?"

한영수는 표정을 일그러뜨렸다.

"그건 아무리 나라고 해도 힘들 거 같은데요."

한백사의 정원에 대한 말은 많았다.

그러나 전부 뜬소문이었다.

자신이 알기로 그 안으로 들어가 본 사람은 전무했으니 말
이다.

'상인 아니면 몇몇 화가나 조각가들이 있다곤 하지만.'

이 또한 소문으로만 존재할 뿐, 사실로 밝혀진 적은 한 번
도 없었다.

한영수는 난감하다는 듯 머리를 긁적였다.

"있는지도 모를······."

"아닙니다. 확실히 존재합니다."

한영수의 말허리를 자른 전가은이 즉시 말을 이어 갔다.

"제 눈으로 직접 확인한 사실입니다. 그리고 들여보내 달

라는 것이 아닙니다. 안에 있는 한 가주가 달려 나올 정도의 소란만 일으켜 주시면 됩니다."

한백사가 나오는 순간 파고든다.

그렇게 되면 진을 파훼할 수 있을 터.

"그렇게 안으로 들어가서 뭘 하려고요?"

"안에 있는 사람을 확보할 생각입니다. 지금으로선 그것이 최선입니다."

한영수는 침을 꼴깍 삼켰다.

눈앞의 여자가 하는 말이 진실인지는 아직도 확신할 수 없었다.

그럼에도 쉽게 내치지 못하는 이유는 전가은의 목소리에서 간절함을 엿봤기 때문.

그제야 사태의 심각성을 파악한 한영수는 사뭇 진지한 얼굴로 말했다.

"정말 시선만 끌어 주면 되는 겁니까?"

"그거면 충분합니다."

한영수는 잠시 턱을 매만지며 고민했지만, 금세 고개를 주억거렸다.

이서하를 구하는 것에 비해 그리 엄청난 임무도 아니었으니 말이다.

"알겠습니다. 그 정도면 문제 될 건 없겠네요."

청을 수락한 이상 머뭇거릴 이유는 없었다.

"게 누구 있느냐?"

"찾으셨습니까?"

"신경호 대감님을 불러 주게."

"네, 소가주님."

하인이 사라지고 얼마 지나지 않아 신경호가 당도했다.

"부르셨습니까?"

안으로 들어서던 신경호가 전가은을 바라보며 눈살을 찌푸렸다.

"그런데 이분은……?"

잠시 훑어봤을 뿐임에도, 평범한 사람이 아님을 눈치챈 것이다.

당연했다.

지금의 운성에 가면을 쓴 사람이 찾아왔다는 것은 일반적이지 않았으니 말이다.

그의 고민을 알아챈 한영수는 곧장 설명을 덧붙였다.

"서하의 사람입니다."

"찬성사님 말입니까?"

"네, 서하를 위해 우리에게 부탁할 일이 있다며 찾아왔습니다."

"찬성사님의 일이라면 바로 도와야죠."

신경호가 한영수에게 붙은 것은 오로지 이서하가 그의 뒤를 봐주기 때문이었으니 말이다.

"그래서, 제게 무엇을 원하십니까?"

"혹시 할아버지의 정원에 대해 아시는 것이 있습니까?"

"정원 말입니까?"

신경호는 잠시 생각하다 말했다.

"한백사 님이 예술품들을 모아 놓은 곳입니다."

"예술품들을 말입니까?"

"그렇습니다. 그런데 그건 왜 물어보십니까? 가치 있는 물건이 많지만 딱히 신경 쓸 필요는 없는 곳입니다."

"예술품이라……."

한영수는 고개를 끄덕이며 자리에서 일어났다.

"일단 정원이 있다는 건 확실하군요. 그럼 함께 가 주시죠. 이 사람을 그 안으로 들여보내야만 합니다."

하지만 신경호는 고개를 흔들었다.

"쉽지 않을 겁니다. 그곳은 정교한 진으로 보호되고 있어 한백사 님과 함께 들어가는 것이 아니면 환상 속을 헤매다 반쯤 미쳐 버립니다. 그것은 가주님께 직접 들은 내용이니 사실이라 믿으셔도 좋습니다."

"상관없습니다."

한영수는 표정을 굳히며 걸어 나갔다.

"어차피 들어가는 게 목적이 아니니까요."

"그게 무슨……."

"우리가 할 일은 할아버지가 정원 밖으로 나오게 만드는 것. 그럼 간단하지 않습니까?"

고개를 갸웃거리는 신경호를 향해 한영수가 빙긋 웃어 보였다.

"미친 짓이라면 제 장기입니다."

할아버지에게 직접 배운 개망나니짓을 여기서 제대로 보여 줄 생각이었다.

◆ ◈ ◆

한백사의 저택.

한영수 일행이 도착하자 무사들이 그의 앞을 막았다.

"그 누구도 들이지 말라는 가주님의 명령입니다."

역시나 예상대로.

하지만 한영수는 이에 굴하지 않고 무사들의 어깨를 밀치며 대꾸했다.

"개소리 집어치워, 미친 새끼들아."

"가주님께서 직접 명령하신……."

"병신들이 죽고 싶어 안달이네."

한영수가 신호를 보내자 뒤편에 시립해 있던 무사들이 검을 움켜쥐었다.

"살고 싶으면 셋 세기 전에 비켜. 하나, 둘……."

문 앞을 지키던 무사들은 서로를 바라보며 눈치를 살폈으나 이내 슬쩍 비켜설 수밖에 없었다.

한영수라면 정말 자신들을 벨 수도 있으니 말이다.

그렇게 들어간 저택 안.

정원 앞에 도착한 한영수는 다시금 자신을 막아서는 이들을 향해 똑같이 말했다.

"비켜라. 안으로 들어가야겠다."

하지만 무사들의 대사도 저택 앞에서와 동일했다.

"아무리 소가주님이시라도 가주님의 허락 없이는 들어가실 수 없습니다."

"감히 너 따위가 나를 막아?"

한영수는 피식 웃었다.

평생을 양아치처럼 살아온 그다.

이렇게 막 나가는 연기는 숨 쉬듯 할 수 있었다.

아니, 정확하게 말하면 점잖은 소가주 노릇을 하는 게 더 힘들다고 해야겠지.

"이 새끼들이 보자 보자 하니까."

더 이상 스스로를 틀에 가둘 필요가 없어진 한영수는 그간 참아 왔던 광기를 여지없이 드러냈다.

"내가 소가주인데 이럴 거냐? 어? 야, 너 이름이 뭐야? 뭐냐고 이 새끼야!"

불에 기름을 끼얹은 것처럼 한영수의 난동은 점차 거칠어졌다.

"지금이야 할아버지가 뒤에 있으니 기세등등하지? 근데 가주님이 얼마나 더 살 거 같아? 1년? 2년? 얼마 안 남았어, 새끼야. 너 조금만 기다려라. 사돈에 팔촌까지 탈탈 털어 버릴 테니까."

한 마리의 야생마처럼 본능에 의지해 날뛰는 짐승만이 존재했다.

이를 바라보며 신경호는 조용히 한숨을 내쉬었다.

'원래 저런 사람이긴 했지.'

물론 지금의 행동은 전부 연기겠지만 연기 같은 않은 느낌이 드는 건 왜일까?

그래도 저런 망나니가 어느 정도 인정받는 소가주가 되었다는 것이 기특해 보이기도 한다.

그렇게 생각하는 와중에도, 한영수와 무사의 대치는 여전히 진행되고 있었다.

"그래도 안 됩니다."

서슬 퍼런 협박에도 맡은 소임을 다하는 모습에 한영수는 이대론 안 되겠다는 판단을 내렸다.

"안 되긴, 씨발. 그래, 오늘 피 좀 보자. 선인님들, 부탁합니다."

"네, 소가주님."

한영수의 명령이 떨어지기가 무섭게 그를 따르는 무사들이 달려들었다.

하지만 정원을 지키는 무사들 또한 호락호락하지는 않았다.

"막아!"

그렇게 운성의 무사들끼리 싸움을 벌이기 시작되었다.

절정의 고수들이 검기를 뿌려 가며 싸우는 모습은 참으로 가관이었다. 하지만 여전히 문은 열리지 않는다.

그런데 그 순간.

"아, 이래도 안 나오시네."

한영수가 뒤쪽을 바라보며 고개를 끄덕였다.

"어쩔 수 없네요. 날려 주세요."

한영수의 명령이 떨어지는 그 순간.

그의 뒤에 서 있던 무사들이 불이 붙은 화살을 시위에 메겼다.

"……!"

그 모습에 정원을 지키던 무사가 외쳤다.

"이런 미친! 지금 뭐 하시는 겁니까! 안에 한 가주님이 계십니다!"

"아, 그래?"

한영수는 놀란 듯 무사를 바라본 뒤 고개를 끄덕였다.

"그래서 쏘는 거야."

그리고는 미소와 함께 말했다.

"발사."

한영수의 구호에 맞추어 불화살이 동시에 시위를 떠났고.

기름 주머니를 단 화살은 정원 안으로 들어갔다.

직후 정원에는 어떠한 변화도 일어나지 않았다.

하지만 한영수는 아무런 걱정도 없었다.

"인간을 현혹해 미치게 만들 뿐, 진도 결국엔 환술일 뿐이니까."

이 정원은 인간만 못 들어가는 곳이라는 소리다.

그 말인즉슨, 눈에는 보이지 않아도 정원 안은 활활 불타고 있다는 것.

운이 좋다면 중요한 건물에 맞아 화재가 일어났을 수도 있겠지.

아니나 다를까.

두 번째 화살을 시위에 메기기도 전에 반응이 왔다.

"지금 뭣들 하는 짓이냐!"

한백사가 그 모습을 드러낸 것이었다.

그의 불호령에 무사들 모두가 행동을 멈추었다.

그러자 한영수가 앞으로 나서며 말했다.

"이 버릇없는 것들이 제 앞길을 막길래 교육 좀 해 주고 있었습니다."

"뭣이! 그렇다고 내 정원에 불화살을 쏴?"

"그러게 빨리빨리 나오셨어야죠. 그리고 이렇게라도 부하 놈들이 알아야 하지 않겠습니까?"

한영수는 심호흡했다.

아직도 할아버지가 무섭다.

하지만 그럼에도 당당해야만 했다.

"진짜 권력이 누구에게 있는지를 말입니다."

한영수의 도전적인 발언에 모든 시선이 그에게 꽂혔다.

"이런 개새끼가……!"

한백사가 분노로 씩씩거리며 문지방을 넘는 그 순간.

전가은이 그를 향해 달려들었다.

'지금!'

이윽고 전가은의 어깨가 한백사의 복부를 강타하며 동시에 정원 안으로 들어갔다.

"……!"

문을 지키던 무사들이 뒤늦게 고개를 돌렸으나 그곳에는 이미 아무도 없었다.

진 속으로 사라진 것이다.

"와우."

한영수는 어깨를 으쓱하며 신경호를 돌아보며 말했다.

"제 연기 괜찮았죠?"

"아주 완벽했습니다."

"이런 걸 이서하는 메소드 연기라고 하더군요. 지난번 신권대회 때 배웠습니다."

한영수는 즐거웠던 친구들과의 추억을 떠올리며 미소를 지었다.

지금까지는 완벽하다.

이제 저 여자가 잘 마무리 지어 주기만을 바랄 뿐이었다.

◆ ◆ ◆

한백사를 끌어안고 정원 안으로 들어가는 그 순간.

공간이 뒤틀리며 밖에서는 볼 수 없었던 내부가 모습을 드러냈다.

여기저기 불화살의 흔적이 보이긴 하지만 깔끔한 돌길.

그 양옆을 장식해 놓은 수많은 조각상들.

누가 봐도 값어치 있어 보이는 예술품들은 이곳이 어디인지를 정확히 밝혀 주고 있었다.

'제대로 들어왔구나.'

한백사가 미처 정원을 빠져나오기 전에 낚아채 들어온 것이 주요했다.

정원 내부와 현실 세계가 이어진 경계에서 들어온 것이나 다름없었으니 말이다.

그렇다면 다음의 목적을 이루기 위해 움직여야 할 때.

"이년이 감히 내가 누구인지 알고……!"

전가은은 발버둥 치기 시작하는 한백사의 멱살을 잡아 일으켜 세웠다.

"백야차의 동생은 어디 있지?"

"……뭐냐? 그 나찰이 보내서 온 것이냐?"

순간 한백사의 눈동자에 동요가 일었다.

이런 반응은 자신의 짐작이 사실이라는 방증에 가까웠고.

전가은은 거세게 반항하는 한백사를 빤히 바라보며 낮게 읊조렸다.

"너에게 질문할 자격은 없다. 그저 묻는 말에만 답해. 안 그러면……."

그리고는 단검을 꺼내 한백사의 목에 들이밀었다.

"넌 죽는다."

한백사는 욕심이 많은 사람이다.

그런 사람일수록 제 목숨에 미련이 많은 법.

살기를 담아 협박한다면 제아무리 한백사라도 겁을 집어먹을 수밖에 없을 터였다.

분명 그럴 것이라 생각했다.

"네년이 감히 나를? 그럴 수 있겠나?"

"뭐?"

"쯧쯧쯧, 멍청한 것. 뒤를 보거라."

한백사의 말에 전가은이 슬쩍 고개를 돌려 뒤편을 바라봤다.

그녀의 시선에 담긴 것은 조금 전 두 사람이 들어온 입구.

문제는 분명 존재해야 할 출구가 보이지 않는다는 것이었다.

직후 비웃음 가득한 한백사의 음성이 귓가에 들려왔다.

"왜? 당황스러운가? 나가는 것이 마음대로 가능할 줄 알았겠지. 이래서 저급한 것들은 안 되는 법이야."

들어오는 것도, 나가는 것도 결코 마음대로 할 수 없는 것이 바로 이 정원의 진이었다.

승기를 잡았다고 생각한 한백사는 전가은의 손을 톡톡 치며 말했다.

"그럼 이만 손을 좀 놓아주겠나?"

진 안에 갇혀 말라비틀어지고 싶지 않다면 더 이상 자신을 억류할 순 없을 것이리라.

그것이 한백사의 예상이었다.

하지만······.

"큭!"

오히려 더욱더 강한 힘으로 멱살을 부여잡고 있었다.

게다가 자신의 얼굴을 앞으로 끌어당겨 살을 에는 듯한 살기를 여실히 뿜어 대기까지 했다.

그런 상대의 얼굴에선 조금의 동요도 찾아볼 수 없었다.

"왜? 나갈 수 없다고 하면 내가 겁먹을 줄 알았나? 어차피 죽음을 각오하고 한 일. 그쪽한테 휘둘릴 바에는 차라리 죽이고 갇히는 것이 낫지."

전가은은 목에 겨눴던 단검을 한백사의 손끝으로 옮기며 경고했다.

"쉽게 가기 싫다면 마음대로 해라. 손톱을 하나씩 빼다 보면 불고 싶지 않아도 알아서 토해 내겠지."

"······하."

얼음장같이 차가운 경고에 한백사가 표정을 굳혔다.

"기껏 생각한 것이 고문인가?"

"그쪽과 같이 귀하게만 살아온 자들에겐 가장 효과적인 방법이거든."

"내가 순순히 당해 줄 거 같나?"

"당해 줘야지. 여긴 그쪽을 지킬 사람도 없는데."

그 순간 한백사의 입고리에 비릿한 웃음이 머금어지고.

"왜 없다고 생각하지?"

굉음과 함께 길가에 놓여 있던 조각상들이 움직이기 시작했다.

모두가 무사의 형상을 하고 있는 것들.

단순히 과시용이라 생각했건만, 혹시 모를 때를 대비해 조각상 사이에 토무사(土武士)를 숨겨 놓았던 것이다.

"제길!"

전가은은 급히 한백사를 일으켜 세운 뒤 그의 목에 단검을 가져다 댔다.

"당장 멈춰! 안 그러면 넌 죽는다."

그러나 그 순간에도 한백사는 전혀 겁을 먹지 않았다.

"네년이 감히 그럴 수 있겠나? 할 수 있으면 해 봐라."

"못 할 거 같아? 지금이라도 당장……!"

전가은은 단검을 거칠게 한백사의 목에 가져다 댔다.

날카로운 예기가 침범하자 얇은 생채기에서 선혈이 흘러내렸다.

그럼에도 한백사는 아랑곳하지 않고 토무사들에게 명령을

193

내릴 뿐이었다.

"어서 이년을 죽여라!"

거듭되는 명령에 토무사들이 사방에서 걸어오기 시작했다.

한백사의 입가에 자리한 미소가 더더욱 짙어진 것도 동시였다.

자신의 승리라 확신한 것이다.

등 뒤 여성의 계획이 실패로 돌아간 원인은 다를 게 없었다.

기회가 왔을 때 찔렀어야 한다.

정말로 죽겠구나 싶을 정도로 강하게 찌르고 도박을 했어야만 한다.

하지만 그녀는 그러지 못했고 이로써 한백사는 또 다른 사실을 알아챌 수 있었다.

이 여자는 결코 자신을 찌르지 못한다고.

"달려들어라!"

그렇다면 본인의 선택에 대한 결과를 맞이하게 만들어 주어야 할 때.

더는 돌아올 수 없는 강을 건너게 해 줄 생각이었다.

누군가의 음성이 들려오기 전까지는 말이다.

"가주님?"

난데없이 한 여인이 모습을 드러냈다.

백옥 같은 얼굴과 토끼처럼 붉은 눈.

비록 뿔은 전부 잘려 나갔으나 나찰임이 분명한 여인의 등장이었다.

그리고 이 정원 내의 나찰이라면 오직 한 명뿐.

바로 백야차의 동생이다.

"무슨 일이십니까?"

그녀의 등장을 깨달은 순간.

한백사의 몸에 미미하게 떨림이 일었다.

목에 칼이 들어와도 냉정함을 유지했던 한백사가 고작 한 여자, 그것도 나찰의 등장에 동요하기 시작한 것이다.

그러한 감정의 변화는 비단 몸에 국한되지 않았다.

"서, 설화야……."

입술 너머로 흘러나오는 음성마저 그가 긴장했음을 여실히 드러내고 있었다.

"넌 나올 필요가 없다. 다시 들어가거라. 어서!"

"이토록 소란스러운데 어찌 안 나와 볼 수 있겠습니까?"

그러나 한백사의 요청에도 나찰 여인은 발길을 돌릴 생각이 없어 보였다.

오히려 뒤편에서 단검을 겨누고 있는 전가은을 강렬히 응시하며 시선을 떼지 않았다.

"그대는 어찌하여 한 가주님을 못살게 구는 것입니까?"

설화의 눈동자에 깃든 감정은 명백한 적의.

이해할 수 없는 답을 꺼낸다면 당장이라도 죽이겠다는 뜻을 대놓고 드러내고 있었다.

짙은 살기에 등허리로 식은땀이 흘러내렸지만, 전가은은
이를 피하지 않았다.

이 위기를 빠져나갈 동아줄이 될지도 모를 일이었으니 말
이다.

"나는……."

가면에 가려지지 않은 입술 사이로, 진 안에 들어온 이유가
서서히 흘러나왔다.

왜 한백사를 납치했으며, 무슨 연유로 눈앞의 나찰 여인을
찾으려 했는지.

그녀가 알아야 할 내용을 모두 전달해 줄 것이다.

"당신의 오라버니가……."

그렇게 지금껏 담아 뒀던 용건을 꺼내 들려는 찰나.

"뭣들 하느냐! 당장 이년을 죽이지 않고!"

전가은의 말이 끝나기도 전에 한백사가 버럭 소리를 질렀다.

어떻게든 설화가 사실을 알게 해서는 안 됐기에.

그러나 그런 바람에도 불구하고.

"……!"

이후 벌어진 상황을 마주하곤 벌어진 입을 다물지 못하는
한백사였다.

주변을 에워쌌던 토무사들이 동시에 한쪽 무릎을 꿇어 버
렸으니 말이다.

마치 무언가가 그들의 움직임을 막고 있는 듯.

무사들이 거세게 반항하며 일어나 보려 했으나 그 자리에서 움찔거릴 뿐이었다.

터벅터벅.

그 사이를 한 여인이 유유히 지나쳐 걸어왔다.

이내 두 사람의 지척까지 다가선 그녀는 한백사를, 정확히는 그의 뒤를 노려봤다.

"……다시 한번 말씀해 보겠습니까?"

작고 가냘픈 음성이었으나, 그 안엔 무시할 수 없는 힘이 담겨 있었다.

"지금 오라버니라고 하셨습니까?"

고운 미간에 주름이 잡히고, 호선을 그리던 눈썹이 곤두세워졌다.

대답 여하에 따라 확연히 다른 결과를 맞이하게 될 것이라는 경고.

한백사는 온몸을 저미는 듯한 살기에 꿈쩍도 못 했으나, 전가은은 달랐다.

그녀가 바라고 바라 왔던 상황이었으니까.

"네, 당신의 오라버니가 그쪽을 찾고 있습니다."

"……."

이내 설화의 입가에서 한숨이 흘러나왔고, 그 안에선 여러 감정이 동시에 묻어 나왔다.

처음엔 오라버니가 살아 있다는 놀라움.

뒤이어진 것은 받아들일 수 없다는 씁쓸함.

그리고 마지막은 거짓을 고하는 상대에 대한 분노였다.

"내 오라비는 죽었습니다."

"누가 그랬습니까?"

"홍등가의 방주님께 들었습니다."

"……방주라면 이주원입니까?"

"네, 그렇습니다."

그 순간 전가은은 저도 모르게 한숨을 내쉬었다.

자연히 모든 내막을 깨닫게 된 것이다.

'처음부터 두 사람을 만나게 할 생각이 없었구나.'

한때 사랑했던 방주의 맨 얼굴을 다시금 확인하며 강렬한
경멸을 느낄 수밖에 없었다.

그리고 눈앞의 여인이 안쓰럽고 가여웠다.

이 여인 또한 자신과 같이 이용만 당한 인생이었으니 말이다.

"……아닙니다."

그렇기에 더 이상 지켜볼 수만은 없었다.

끝까지 이용당하다 버려지는 게 아닌.

지금이라도 진실을 깨닫고 본인의 인생을 살아가도록 이
끌어 주어야 했다.

그것이 존경과 흠모에 눈이 가려 저질러 왔던 잘못에 용서
를 구하는 길이었다.

"단언컨대, 당신의 오라비는 살아 있습니다."

전가은의 눈을 지그시 바라보던 설화는 의심쩍다는 듯 고개를 가로저었다.

"믿을 수 없습니다. 이 또한 거짓말일지 모르는 일입니다. 인간은 워낙 거짓말을 잘해서."

여전히 신뢰하지 못하는 반응이었으나, 전가은은 순간적으로 드러난 허점을 놓치지 않았다.

"그럴 수 있습니다. 저였어도 같은 반응을 보였겠죠. 하지만 듣고 보니 이상하군요. 인간이기 때문에 제 말을 믿을 수 없다고 하면서, 어째서 이주원의 발언엔 신뢰를 보내는 것일까요?"

그 또한 인간이다.

제아무리 친절하게 대하고, 시시때때로 도움의 손길을 보낸다 한들.

이주원 역시도 거짓을 일삼을 수 있는 인간임은 부정할 수 없었다.

그리고 그의 본모습은 그 누구보다 자신이 가장 잘 알고 있었다.

"제 말을 믿지 않아도 좋습니다. 단지 직접 보고 판단하시라 말씀드리고 싶군요. 그 누구의 말에도 흔들리지 말고, 두 눈으로 제대로 본 것을 믿으라는 말입니다."

그러지 못하면 결국 지금의 자신과 다름없는 처지가 될 것이었다.

이후 두 여인은 시선을 맞댄 채 아무런 대화도 나누지 않았고.

시간이 흐를수록 한백사의 속은 타들어 갈 수밖에 없었다.

그렇게 얼마간의 시간이 흘렀을까?

"그것도 그렇네요."

묵묵히 생각에 잠겨 있던 설화가 씁쓸하게 미소를 지었다.

"기대는 안 하지만."

그리고는 한백사를 향해 말했다.

"그럼 잠시 확인하고 오겠습니다."

"안 된다!"

한백사는 필사적으로 만류했다.

"절대로 안 된다! 허락할 수 없다!"

하지만 욕심의 발로는 그런 행동이 거센 불에 기름을 끼얹
는 꼴이라는 걸 눈치채지 못하게 만들었고.

"그렇게도 필사적으로 거절하시니 더 궁금해지는군요."

도리어 설화의 의심을 사는 결과를 초래해 버렸다.

"혹 가주님께도 알고 계셨던 겁니까? 제 오라비의 생사를?"

순간적으로 설화의 눈빛에 경멸의 감정이 어렸다.

이에 한백사는 더 이상 어떤 말도 하지 못하고 고개를 숙였다.

설화에게 미움받는 것.

지금 한백사에게 있어서는 그것이 죽는 것만큼 힘든 일이
었으니 말이다.

한백사가 말이 없자 설화는 뒤쪽으로 고개를 돌렸다.

그 시선을 좇은 전가은은 이내 익숙한 얼굴을 확인할 수 있

었다.

'미월……'

눈이 멀어 지팡이를 짚고 살았던 기생.

그녀의 모습은 눈앞의 나찰이 백야차의 동생임을 더욱 확신하게 만들어 주었다.

"보지는 못해도 들어서 아시겠죠? 저는 잠시 나갔다 오겠습니다."

"……방주님이 허락하지 않으실 겁니다."

"그런가요? 그러면 더더욱 기대가 되는군요."

설화는 실소를 터트리고는 말했다.

"당신들의 의사는 그다지 중요치 않습니다. 전 허락을 구한 적이 없으니까요."

미월은 입을 다물었다.

"그럼 이제 가주님을 놔주시겠습니까?"

전가은은 토무사들을 힐끗 보았다.

무언가 알 수 없는 힘에 의해 고정되어 있는 모습.

십중팔구 저 나찰의 요술일 것이다.

그렇다면 한백사를 놔주더라도 문제는 없어 보였다.

수많은 토무사들조차 꼼짝 못 하게 만든 그녀가 당할 일은 없을 테니까.

"알겠습니다."

전가은의 압박에서 풀려나자 한백사는 앞으로 튕기듯 쓰

러졌다.

그런 그는 일어날 겨를도 없이 급히 설화의 앞으로 기어갔다.

"저 여자의 말을 듣지 마라. 함정이다. 나찰을 죽이려는 자들과 한편이니라!"

"함정이면 어떻습니까? 다시 돌아오면 될 일입니다."

"이 내가 함정이라고 하지 않느냐아아아아!"

한백사는 주변을 신경 쓰지 않고 악을 지르기 시작했다.

"그래, 이렇게 하자. 가지 않는다 하면 내 너에게 도시 하나를 주마. 그곳에서 네가 원하는 나찰들과 함께 사는 것도 허락하마. 아니, 널 위해 이 세상을 주마. 지금 인간들과 전쟁을 벌여 나찰의 세상을 만들려는 세력이 있으니 그곳에 협력해 자유를 얻게 해 주겠다. 너는 그저 여기에만 있으면 된다. 모든 것은 내가 다 해 줄 터이니."

한백사가 열변을 토했음에도 설화는 그저 잔잔한 미소를 머금을 뿐이었다.

"그 어떤 것도 제가 원하는 것은 아닙니다. 제가 원하는 것은 오직 하나. 오라비가 살아 있다면 그를 만나는 것뿐이니까요. 그깟 자유, 원했다면 언제든 가질 수 있었습니다."

"……그럼 왜 여기 그대로 있던 것이냐?"

설화는 피식 웃고는 말했다.

"밖에서는 고귀한 척, 있는 척하는 인간들이 나에게 매달려 사랑을 애원하는 꼴이 썩 보기 좋아 그랬습니다."

처음에는 자신의 운명을 원망했다.

인간의 품에 안겨 원하지 않는 관계를 맺는 매일을 저주했다.

그러나 나이가 들고 보니 알았다.

인간의 감정은 너무나도 다루기 쉬운 것이었다는 것을.

그렇게 설화는 홍등가 최고의 기생이 되었다.

고관대작들을 주물러 가며 그들을 파멸시켜 왔다.

그리고 그것이 너무나 재밌었다.

강한 무사든, 위대한 관리든 자신만 만나면 어린아이가 되어 사랑을 구걸하는 꼴이 썩 보기 좋았다.

결국 운성의 한백사까지 감정의 노예로 만들지 않았던가?

그녀는 승리자의 얼굴로 말했다.

"설명이 되었습니까?"

처음 들어 보는 차가운 말투에 한백사는 그저 멍하니 설화를 바라볼 뿐이었다.

그러나 그것도 잠시.

분노한 한백사가 입을 열었다.

"그럼 나가 보거라."

애원이 통하지 않으니 협박을 택한 것이다.

"난 절대로 허락하지 않을 것이다. 그러니 원하거든 스스로 이 진을 뚫고 나가 보거라! 넌 절대로 나가지 못한다. 넌 내 거다! 내 거란 말이다!"

고풍스럽고 예를 갖춘 듯 대하던 모습은 온데간데없었다.

지금 한백사가 보여 주는 건 응석받이 어린애의 치기 어린 행동 그 자체.

역시나 그 또한 사람이었고, 욕망을 이겨 내지 못하는 나약한 족속에 지나지 않았다.

그렇기에 더더욱 이곳에 남을 이유는 없었다.

"인간은 욕심이 많죠. 항상 그랬습니다. 하지만……."

이윽고 설화의 몸에서 푸른 음기가 뿜어져 나와 허공에 작은 점을 만들었다.

"……원하는 걸 모두 얻을 수는 없는 법입니다."

이윽고 진 안의 모든 것들이 떠오르며 공중의 점으로 모여들기 시작했다.

"이만 가 보겠습니다. 가주님."

외중력(外重力).

원하는 위치에 중력을 만들어 주변 대상을 끌어들이는 능력.

그것이 설화가 가진 요술이었다.

이윽고 진을 이루기 위해 설치된 것들도 외중력에 의해 떠오르며 공간이 허물어지기 시작했다.

한백사는 그 모습을 멍하니 바라보다 소리를 질렀다.

"안 돼! 넌 갈 수 없다! 넌 내 것……"

전가은은 추한 늙은이의 뒷덜미를 잡은 뒤 날렸다.

"윽!"

한백사가 허리를 부여잡고 나뒹굴고 있을 때 마침내 진이 파괴되며 공간이 무너져 내렸다.

　주변 환경이 순식간에 돌변했고, 출구가 있던 자리엔 두 사람을 멍하니 바라보는 한영수가 서 있었다.

　이 상황을 뭐라 설명해야 할까 망설임이 깃들 찰나.

　설화가 다가와 어깨에 손을 올렸다.

　"그럼 출발할까요?"

　"……."

　침을 꼴깍 삼킨 전가은은 고개를 끄덕였다.

　"네, 바로 가시죠."

　해운산 계곡.

　그곳에서는 굉음이 울려 퍼지고 있었다.

　쾅! 쾅! 쾅!

　중심력은 단순한 요술이었으나 이 역시도 응용은 가능했다.

　순간적으로 중심력을 걸었다가 바로 해제하는 것이다.

　중심력을 해제하더라도 날아오던 관성은 남아 있기에 마구잡이로 백야차 근처에 떨어지는 것이다.

　불의의 습격을 받은 시광대원들은 멍하니 하늘을 날아오는 바위와 나무들을 바라볼 뿐이었다.

　그때 진유화가 외쳤다.

"산개!"

명령에 정신을 차린 시광대원들이 사방으로 흩어지며 안전을 확보했다.

하지만 백야차는 만족스러운 듯 고개를 끄덕였다.

덕분에 갱도로 향하는 길이 확보되었기 때문이다.

그와 동시에 아카와 유비타가 달려 나왔다.

각기 손에는 불을 지피기 위한 횃불과 건초 더미가 들려 있다.

건초를 갱도 안으로 밀어 넣고 횃불을 던질 생각이다.

하지만 그 와중에도 갱도 입구를 지키고 있는 사람이 있었다.

"적이다! 길을 내주지 마라!"

시광대의 대장 진유화였다.

그녀는 홀로 갱도 입구를 막은 채 아카와 유비타를 막아서고 있었다.

'시간이 끌려서는 안 된다.'

백야차가 이리 서두르는 이유는 이서하가 언제 나올지 모르기 때문이었다.

만약 이서하가 갱도에서 빠져나온다면 그를 잡겠다는 계획은 차질을 빚을 수밖에 없으니 말이다.

판단을 끝낸 백야차는 곧바로 진유화를 향해 중심력을 사용했다.

"……!"

제 의지와 상관없이 움직이는 몸에 진유화가 당황하는 사이.

백야차의 주먹이 그녀의 얼굴을 강타했다.

날아온 관성에 의해 진유화의 몸이 뒤로 휘어지며 역으로 회전했다.

보통이라면 이 한 방으로 끝을 낼 수 있었다.

하지만 백야차는 다시금 고개를 돌릴 수밖에 없었다.

진유화가 천천히 몸을 일으키고 있던 것이다.

"아직 안 끝났어……."

코가 내려앉고, 눈조차 뜨지 못한다.

기절해도, 이미 죽었어도 이상하지 않은 상황.

하지만 진유화는 마치 샨다의 요술이라도 받은 듯 똑바로 일어나 말하고 있었다.

"덤벼."

백야차는 혀를 내둘렀다.

인간임에도 정신력만큼은 인정해 줄 만했으니 말이다.

하지만 상대는 철저하게 적으로 치부할 존재.

대꾸할 시간조차 아까웠다.

백야차는 다시금 중심력으로 진유화를 끌어들인 뒤 그녀의 복부를 향해 주먹을 내질렀다.

퍽! 하는 소리와 함께 진유화의 허리가 활처럼 휘어졌다.

하지만 그것으로 끝이 아니었다.

이번에는 결코 일어날 수 없게 만들리라.

백야차는 날아가는 진유화를 다시금 끌어들이며 무차별적

으로 주먹을 날려 주었다.

퍽! 퍽! 퍽!

한 방 한 방이 필살의 일격.

그렇게 총 10번의 공격을 이어 간 백야차는 축 늘어진 진
유화를 저 멀리 던지고는 갱도 쪽을 바라봤다.

어떻게든 수비벽을 뚫고 파고든 유비타가 갱도 안으로 건
초와 횃불을 던지고 있었다.

그로부터 얼마 지나지 않아 연기가 새어 나오더니 굉음과
함께 입구가 허물어지기 시작했다.

'됐다.'

성공했다.

이서하가 나오기 전에 갱도를 막은 것이다.

그렇게 마지막 임무를 무사히 끝마쳤다는 생각에 환호하
는 것도 잠시.

'……!'

백야차는 급히 등 뒤를 향해 고개를 돌렸다.

분명 고요해야 할 공간에서 인기척이 느껴지고 있었다.

지원군일까?

적일까? 아군일까?

그렇게 생각하는 것도 잠시.

잠시 후 두 여자가 모습을 드러냈다.

가면으로 얼굴을 가린 여인.

그러나 백야차의 시선을 사로잡는 건 그 옆에 서 있는 인물이었다.

백발과 더불어 붉은 눈.

익숙한 음기를 내뿜는 것으로 보아 틀림없는 나찰이었다.

하지만 백야차를 당황하게 만드는 이유는 그녀가 나찰이기 때문이 아니었다.

몹시 낯설면서도 어디선가 본 듯한 외형.

어디서 마주친 적이 있는 것일까?

그러나 아무리 기억을 되짚어 봐도 떠오르는 이는 없었다.

그렇게 의문을 가득 담은 눈으로 바라보고 있을 그때.

나찰 여인의 입가에서 미성이 흘러나왔다.

"오라버니?"

네 글자의 음성을 듣는 순간.

백야차의 심장이 요동치기 시작했다.

아름다운, 그리고 너무나도 그리웠던 목소리.

그 음성은 기억 저편에 묻어 뒀던 소중한 이의 그것이었다.

그 때문일까?

오래도록 가슴속에 담고 있었던 단어가 저도 모르게 입술을 비집고 새어 나왔다.

"……이스미?"

강제로 헤어진 이후론 꺼내 본 적 없었던.

죽기 전에 한 번만이라도 다시 불러 보고 싶었던 이름이었다.

"아……."

그 순간이었다.

차갑고 불신으로 가득하던 여인의 얼굴이 자신이 알던 어느 어린아이의 그것으로 변모한 것은.

울컥 올라오는 감정에 차마 말을 잊지 못하던 그녀는 천천히 다가와 백야차의 얼굴에 손을 올렸다.

그리고는 곧장 품에 안긴 채 오열하며 지금껏 드러내지 못했던 감정을 토해 냈다.

"너무, 너무…… 보고 싶었습니다."

수만 번이고 상상했던 만남의 순간, 그녀가 뱉은 말은 너무나도 평범했다.

Chapter 135.

오라버니가 살아 있다.

한백사의 반응으로 보아 이 여자의 말이 사실일 가능성이 높음은 알아챌 수 있었다.

그러나 머리로 이해하는 것과 마음으로 받아들이는 것은 차원이 다르다.

온전히 신뢰하기엔 여전히 무리가 있을 수밖에 없었다.

여인의 말을 철석같이 믿기에는 너무나도 달콤한 내용이었기 때문이다.

달콤한 향기로 벌레를 유혹하는 꽃처럼.

마음을 동하게 만드는 말은 절대로 믿어선 안 된다.

그것이 더러운 인간 사회에서 이스미가 얻은 교훈이었다.

그럼에도 흥분되는 것은 어쩔 수 없었다.

어서 빨리 두 눈으로 진의를 확인하고 싶다는 열망이 치솟았으니 말이다.

그렇게 반신반의하며 도착한 장소.

여자의 말대로, 그곳에는 한 나찰이 서 있다.

처음 보는 큰 체구에 거친 표정. 몇몇 뿔이 잘려 있었고, 인상마저 기억 속 모습과는 사뭇 달랐다.

그럼에도 이스미는 그가 누구인지를 어렴풋하게 느낄 수 있었다.

자신을 바라보는 눈동자 속 감정 또한 그 생각에 힘을 실어 주었다.

그리고.

"……이스미."

누군가의 이름이 남자의 입에서 흘러나왔다.

그것은 기억 속에 묻혀 있던 자신의 이름 석 자.

그 순간 단단하게 닫혀 있던 감정의 둑이 무너져 내렸다.

정신을 차렸을 땐 어느새 손을 들어 오라버니의 뺨을 어루만지고 있었다.

나찰 특유의 기운이 피부를 타고 전해져 온다.

그로 인해 이스미의 머릿속은 수많은 생각이 뒤엉켜 혼란을 이루었다.

오빠를 만나면 하고 싶은 말이 너무나도 많았다.

그러나 정작 만나고 나니 입이 떨어지지 않았다.

과연 무슨 말을 해야 할까?

그렇게 고민에 고민을 거듭한 결과.

"너무, 너무…… 보고 싶었습니다."

그녀가 내뱉은 것은 지극히 상투적인 말이었다.

"쉐인 오빠."

그리고 이어진 것은 수없이 되뇌었던 이름.

쉐인.

백야차 또한 잊고 살던 이름을 듣고 나서야 동생을 만났음을 더욱 실감했다.

그는 큼직한 손으로 동생의 어깨를 잡으며 따스한 눈빛으로 바라보았다.

"그간 어떻게 지냈느냐?"

그러나 백야차는 금세 입술을 깨물 수밖에 없었다.

존재했음은 흔적으로만 알 수 있는 뿐.

지극히 인간의 미학을 기준으로 입혀 놓은 옷.

그간 동생이 어떤 인생을 살아왔을지는 굳이 묻지 않아도 엿볼 수 있었기에 강한 후회가 밀려온 것이다.

그런 백야차의 얼굴을 이스미의 손길이 부드럽게 어루만졌다.

"그리 걱정하실 거 없습니다. 남부러울 것 없이 살았으니까요."

"하지만……."

인간의 가축이 된 인생이 어찌 만족스럽고 행복할 수가 있을까?

명백한 거짓말임을 알기에 즉시 반문하려 했으나 이어진 이스미의 음성에 백야차의 입을 굳게 다물었다.

"이미 지나간 일입니다. 지금 이렇게 오라버니를 마주하고 있으니, 괜찮습니다. 정말 괜찮습니다."

너무도 행복해하는 동생의 감정을 깨뜨리고 싶지 않았기에.

지금은 그저 동생과의 해후를 즐기는 것에만 집중하기로 했다.

그렇게 감격스러운 시간을 보내던 것도 잠시.

백야차는 다시금 현실로 돌아왔다.

하고 싶은 말이 많았으나 일단 이 자리를 벗어나는 것이 먼저였다.

"이주원은 어디 있느냐?"

불을 붙여 임무에 성공한 순간 그녀가 나타났으니 이주원이 약속을 지켰다고 여긴 것이다.

하지만 그런 사정을 모르는 이스미로서는 영문을 모르겠다는 반응을 내비칠 수밖에 없었다.

"이 방주요? 그자를 왜 찾으시는 겁니까?"

"그가 너를 데려왔으니 당연히 도와야 되지 않느냐."

"오해십니다, 오라버니. 저를 데리고 온 건……."

이스미가 고개를 돌리는 순간, 가면을 쓴 여인이 백야차를 향해 다가갔다.

여인을 뚫어지게 바라보던 백야차가 이내 고개를 갸웃했다.

"너는……."

"전가은이라고 합니다."

"아!"

목소리를 듣고 보니 떠오르는 이가 있었다.

"언제나 이주원 옆에 붙어 있던 여자인가? 그 꼴을 보고도 아직도 이주원을 위해 일하고 있는가?"

백야차가 비꼬았으나 전가은의 시선은 갱도로 향해 있었다.

"벌써 불을 지른 것입니까?"

전가은은 심각한 얼굴로 갱도를 바라보았다.

아까까지만 하더라도 올라오던 연기가 이제는 흔적조차 보이지 않았다.

갱도의 입구가 완전히 막혔다는 뜻이었다.

내부의 불길은 공기를 따라 점점 안으로 들어가며 더욱더 빠르게 갱도를 무너트리겠지.

그런 전가은의 마음을 눈치채지 못한 백야차가 미소를 지으며 말했다.

"그래, 이주원이 시킨 임무를 끝냈다. 그러니 다시는 볼 일이 없겠지."

"하아……."

전가은은 깊은 한숨과 함께 인상을 찌푸렸다.

당장이라도 입구를 파내고 싶은 마음이 굴뚝같았으나, 그보단 백야차를 설득하는 게 먼저였으니 말이다.

"잘 들으십시오. 전 이주원의 명령으로 여동생님을 데리고 온 것이 아닙니다."

"……?"

백야차가 영문을 알 수 없다는 듯 가만히 바라보고만 있자 전가은이 말을 이어 갔다.

"애초에 한백사는 당신에게 동생을 돌려줄 생각이 없었습니다. 아니, 이주원 또한 마찬가지겠죠."

백야차는 멍하니 동생에게로 시선을 돌렸다.

"이스미, 저게 무슨 소리냐?"

"저분 말은 모두 사실입니다."

이스미는 곧장 부연 설명을 덧붙였다.

한백사에게 백야차에 관한 이야기를 들은 적이 없다.

만약 정말로 백야차를 만나게 할 생각이었다면, 정원을 찾아왔을 때 말해 줬어야 했다.

그러나 한백사는 백야차의 방문을 언급하지 않았다.

거기다 마지막에 보인 추태는 그가 약속을 지킬 생각이 전혀 없음을 증명해 주었다.

"오라버니의 존재는 모두 저분에게서만 들었으니까요."

"……."

백야차는 충격에서 헤어 나오지 못했다.

천일에서 이주원을 구해 이곳으로 왔던 것.

그 모든 것이 이주원의 계획이었고 여전히 그의 손바닥 위에서 놀아나고 있었다는 뜻이었으니 말이다.

"하아, 정말이지……."

이래서 인간이란 족속과는 상종할 수가 없는 것이다.

어떻게든 상대를 속여 제 이득을 챙기는 데만 혈안이었으니까.

"그래도…… 인간 중에 양심이 있는 사람은 있었군."

상황을 완벽하게 이해한 것은 아니었으나 적어도 자신과 동생을 재회한 것이 전가은의 공임은 부정할 수 없는 사실이었다.

백야차는 즉시 고개를 숙였다.

"감사를 표하지."

평소 무시해 왔던 인간이지만, 이 순간 자존심 따윈 중요치 않았다. 오랜 세월 찾아 헤맨 동생을 되찾게 해 준 은인이었으니 말이다.

그러나 전가은은 그의 감사 표시에 별다른 감흥을 느끼지 못했다.

고작 감사를 받기 위해 두 사람을 재회시킨 것이 아니었다.

"지금 당장 불을 끄고 이서하 님을 구해야 합니다."

전가은의 목표는 이서하를 구하는 것.

이미 불이 붙은 지금으로선 상대가 나찰이라도 그 손을 빌려야 했다.

그리고 도움을 받은 입장이니 당연히 협력할 것이었다.

하지만 전가은이 간과한 사실이 있었으니.

"내가 왜?"

백야차는 이미 원하는 바를 모두 이루었다는 것이었다.

그는 당당히 자신의 뜻을 밝혀 나갔다.

"내가 이서하를 구해야 할 의무가 있나? 그리고 인간을 위해 움직일 생각은 더더욱 없다. 유비타! 아카!"

백야차의 말에 시광대와 대치하고 있던 유비타와 아카가 그의 뒤로 달려왔다.

"우리는 이만 돌아간다. 이서하를 구하든 말든, 너희 인간들의 일은 너희가 알아서 해라."

"제가 동생분을 데리고 왔습니다."

전가은이 절박하게 말했으나 백야차는 코웃음을 칠 뿐이었다.

"동생을 되찾게 해 준 것은 다시 한번 감사를 표하지. 하지만 애초에 우리를 찢어 놓지 않았다면 네가 데리고 올 일도 없었지 않나?"

전가은은 눈을 질끈 감았다.

동생을 데리고 온 것은 감사하다.

하지만 거기까지.

인간들을, 그리고 이서하를 도와야 하는 명분은 그 어디에도 없었다.

그것이 백야차가 내세우는 논리였다.

이에 반박할 거리도 마땅치 않았다.

누가 보더라도 저들은 명백한 피해자의 입장이었으니 말이다.

"당신들의 뜻은 이해합니다."

그렇기에 전가은은 백야차를 설득하는 걸 과감히 포기했다.

지금, 이 순간에도 갱도는 더욱 빠르게 무너져 내리고 있었으까.

시광대만이라도 움직여 어떻게든 이서하 구출에 힘을 써야 했다.

"부디 남은 여생은 행복하게 보내시길."

그렇게 두 나찰을 뒤로한 채 무너진 갱도 입구로 향하려는 순간.

"도와 드리죠."

이스미가 오라비의 결정을 뒤집었다.

하지만 백야차는 딱 잘라 말했다.

"굳이 인간을 협조할 필요는 없어, 이스미."

"인간이 아니라 은인을 돕는 겁니다."

단호한 것은 백야차뿐만이 아니었다.

오랜만에 만난 동생을 이길 수 없었던 백야차는 한숨을 내쉬었다.

"그래, 네 마음은 알겠다. 하지만 우리가 돕는다고 해도 방법이 없어."

갱도는 이미 무너졌다. 저 안에서 이서하를 꺼내기 위해서는 새로운 갱도를 파야만 했다.

그동안 안으로 들어간 이들이 살아 있을 가능성은 희박할 수밖에 없었다.

제아무리 뛰어난 고수라 해도 본질은 인간.

공기가 없이 삶을 이어 가는 건 불가능했다.

하지만 이스미는 여전히 미소를 머금고 있었다.

"저는 할 수 있습니다."

그리고는 전가은을 바라보며 말했다.

"은혜를 갚도록 하죠."

고작 땅을 파내는 일.

이스미에게는 그다지 어려울 것도 없는 일이었다.

영약이란 그 효과가 좋을수록 더욱 큰 위험을 감수해야만 한다.

그런 의미로 만년금구와 금와, 두 영물의 내단은 세상에서 가장 위험한 영약이라고 할 수 있었다.

그걸 한 번에 두 개나 입에 넣는다?

미친 짓이지.

하지만 후회는 없다.

애초에 미치지 않고서는 은월단을, 알파를 이기는 건 불가능에 가까울 테니까.

그렇게 한 점의 망설임 없이 두 내단을 입에 넣는 순간.

눈앞이 황금빛으로 아득해졌다.

이윽고 두 영물의 양기가 기맥을 거칠게 채우기 시작했다.

'다스려야 한다.'

양기의 화신이라고 불리는 영물들의 내단이라 그런지 팔딱팔딱 거세게 요동친다.

내 좁은 몸이 답답하다며 밖으로 나가려는 것이다.

'아주 미쳐 날뛰는구나.'

공청석유, 만년하수오 때와는 비교도 할 수 없을 정도였다.

그렇다고 감탄만 하고 있을 때가 아니었다.

이대로 방관하고 있다가는 기맥이 전부 찢겨 주화입마에 빠지게 될 테니 말이다.

'자, 억압하지 말고.'

어쭙잖게 기운을 내 것으로 만들겠다며 억제하다가는 오히려 기맥이 버티지 못하고 터져 버릴 것이다.

그러니 충돌은 피하며 저들이 원하는 것을 행하게 유도하는 것이 최선.

나는 기운이 마음껏 날뛸 수 있도록 기맥을 전부 열었다.

그러자 양기가 물 만난 물고기마냥 전신을 타고 흐르기 시작했다.

'어디 한번 맘껏 날뛰어 봐라.'

내가 생각해도 발상 자체는 나쁘지 않았다.

아무리 거대한 기운이라 해도 한계는 있을 터.

그간 부단히 강로(强路)를 운용해 튼튼하게 단련해 온 기맥을 끊임없이 내달리게 만드는 것.

제아무리 강대한 기운이라도 한계는 있을 테니, 언젠가는 제 풀에 지쳐 나가떨어질 테고 그 틈에 내 것으로 만드는 것이 목표였다.

그리고 시작도 나쁘지 않았다.

천방지축처럼 날뛰긴 하지만, 큰 부작용 없이 온몸의 기맥을 타고 흐르고 있었으니 말이다.

하지만 세상만사가 생각대로만 된다면 얼마나 좋을까?

'젠장!'

역시나 '만년'이란 이름을 과소평가했던 것일까?

기운이 너무 크고 방대했다.

열심히 닦아 놓은 기맥으로도 소화시키는 게 점차 버거워졌다.

더군다나 내부 이곳저곳을 때려 대는 통에 점차 정신이 아득해지기까지 하고 있었다.

'결국 내 그릇으로는 두 내단의 흡수는 불가능했던 것일까?'

어쩌면 모든 게 내 과욕이었던 건 아닐까.

그런 생각이 들 때.

갈 곳을 잃은 기운이 몸속의 새로운 길로 새어 들어가는 것이 느껴졌다.

'……!'

새로운 길?

그런 게 있던가?

그 순간 불현듯 약선님과 로가 싸웠던 전투가 머릿속을 스치고 지나갔다.

바로 십이경과 기경팔맥의 개문.

오직 선택받은 인간만이 개방할 수 있는 기맥이 서서히 열리고 있던 것이다.

'그래, 이걸 열면…….'

만년금구와 금와의 기운을 전부 담아내고도 남을 것이다.

나는 책으로 배운 십이경과 기경팔맥의 위치를 떠올리며 기운이 새어 들어가는 길과 대조했다.

그리고 내 생각이 들어맞았다는 확신이 들기 무섭게 천천히 양기를 밀어 넣었다.

서두르지 마라.

조심스럽게.

내 몸의 한계를 개척해야만 한다.

그리고 얼마나 지났을까?

좁은 계곡을 거칠게 흐르는 것만 같던 두 영물의 양기가 거대한 강처럼 변한 기맥을 유유히 타고 흘렀다.

나의 몸은, 아니 인간의 몸은 이렇게도 넓었구나.

천천히 눈을 뜬 나는 양손을 올려 보았다.

눈에 모든 기맥이 비춰지는 것만 같다.

인체 도식에 통달한 것이었다.

'나는……'

현경 완숙의 경지를 넘어 드디어 인간의 한계를 바라본 것이다.

'입신경에 한 걸음.'

고작 한 걸음.

아직 알파나 로에 비한다면 부족하지만 새로운 경지에 눈을 떴다는 것이 중요했다.

"후우."

작게 심호흡을 한 나는 자리를 털고 일어났다.

이내 비밀 통로를 열어젖히자 익숙한 등이 나타났다.

부탁했던 대로 아린이는 한 치의 미동도 없이 입구를 지키고 있던 것이다.

내 인기척을 느꼈는지 아린이는 바로 고개를 돌렸다.

"서하야! 잘하고 왔어?"

"물론이지. 완벽하게 소화했어. 그동안 별일 없었어?"

"웅, 걱정하지 마."

아린이가 빙긋 웃는 그 순간.

저 멀리서 이준이의 한숨 소리가 들려왔다.

"별일 없기는요. 부대장님, 우리 좀 솔직해집시다."

"뭐가? 딱히 일이 있었던 것도 아니잖아."

뭘까, 이 반응은?

그런 의문을 품은 뒤에야 반쯤 뒤집어진 비고의 풍경이 시야에 들어왔다.

선반들은 죄다 쓰러졌고 아까운 영약들은 바닥을 굴러다녔다. 그리고 최 무사를 비롯한 운성오강이 전부 피떡이 되어 누워 있다.

'아…….'

그제야 왜 이런 사달이 벌어졌는지 파악할 수 있었다.

아무래도 저놈들이 뭣도 모르고 아린이에게 덤볐나 보다.

"……그래도 다행히 죽이진 않았네."

"원래 그럴 생각이었는데, 이준이가 길 안내는 필요하다고 영약을 먹여 치료하더라고. 결국 저 쓸모없는 놈들 살리려고 아까운 영약만 다 써 버리고. 쯧."

잘했다, 이준아.

너 아니었으면 갱도 안에서 어마어마하게 헤맬 뻔했다.

"그나저나 내가 밑에 얼마나 있었지?"

"이틀은 있었습니다."

영물의 내단을 두 개 소화시킨 것치고는 굉장히 빠른 편이 었다. 하지만 동시에 불안감이 엄습할 수밖에 없었다.

내가 이곳에 들어온 것을 아는 이상, 한백사가 무슨 짓을 벌이기에 충분한 시간이기도 했으니까.

"그사이에……."

"네, 많은 일이 있었습니다. 갑자기 연기가 들어오질 않나."

"연기가?"

역시나, 한백사가 잠자코 있을 리가 없었다.

"다행히 우리가 질식사하기 전에 갱도가 무너졌습니다. 문을 열어 보니 아주 흙으로 꽉 막혀 있더라고요. 덕분에 연기가 들어오는 건 막을 수 있었죠."

"갱도가 무너졌다고?"

"네."

"이 큰 갱도를 어떻게 한 번에 무너뜨릴 수 있지?"

"어차피 나무로 고정해 놓은 거 불만 질러도 다 무너지지 않겠습니까?"

"아~!"

그건 생각 못 했네.

"예상 못 하셨나 보네요."

"아니, 예상했어. 전부 계획대로야."

"와, 너무 대단하시다. 역시 우리 대장님."

그리고는 고개를 숙이며 우울하게 말했다.

"우린 다 죽었어. 흑흑. 저 머저리를 따라오는 게 아니었는데."

"지금 뭐라고 했냐?"

"멋있는 대장님과 함께 죽을 수 있어서 영광이라고 했습니다."

"그래, 그렇게라도 말해 주니 이번에는 넘어가 주마."

이준이를 팰 힘을 아껴서 땅을 파야 하니까 말이다.

"자, 그럼 바로 움직이자. 갱도가 무너져 막혔으며 다시 흙을 파내서 올라가야지. 영약도 충분히 있으니 어느 정도는 버틸 수 있지 않을까?"

"참 긍정적이어서 좋겠습니다."

"이럴 때일수록 긍정적이어야지."

좌절한다고 해서 바뀌는 것은 없다.

옛 성인들도 이런 말을 하지 않았던가.

진인사대천명(盡人事待天命).

할 수 있는 최선을 다한 뒤에나 하늘을 원망할 수 있는 것이다.

"그럼 시작해 볼까?"

운성오악도 일어나면 거들 테니 그리 오래 걸리지는 않으리라. 그렇게 최대한 긍정적으로 생각하며 비고의 문을 열어젖혔다.

"슬슬 막노동을……."

그 순간 강렬한 햇빛이 나를 비췄다.

응? 햇빛?

뭐지? 이준이 말대로 파묻혔다면 흙벽이 나와야 하는 거 아닌가?

그렇게 생각하며 올려다보는 순간.

"나왔다!"

"대장님!"

곰보가 된 진유화와 시광대원들이 나를 향해 손을 흔들고 있었다.

이게 도대체 뭔 일이야?

'뭐가 어떻게 돌아가는 거야?'

난데없는 상황에 정신이 없다.

운기조식을 하는 사이에 무슨 일들이 벌어진 것일까.

쉽사리 답을 내리지 못하는 상황에 의문을 품으며 구덩이 밖으로 빠져나오니 진유화가 빠르게 다가와 고개를 숙였다.

"죄송합니다! 막지 못했습니다!"

죄송? 이건 또 무슨 말일까?

다행스럽게도 수많은 의문은 뒤이어진 진유화의 설명 덕분에 금세 해결되었다.

이준이의 예상대로 누군가 갱도에 불을 질렀고 그로 인해 지지대가 무너져 내렸다.

이도 전혀 예상치 못했던 일이지만, 더 놀라운 소식은 따로 있었다.

이 사태를 만든 당사자가 다름 아닌 백야차라는 것.

'더 이상 미래를 내다보는 이점이 없다는 것인가.'

은월단이 보유한 비장의 무기.

회귀 전, 수많은 무사들을 두려움에 떨게 만들었던 존재.

백야차가 운성까지 찾아와 나를 노릴 줄은 전혀 생각지 못한 일이었다.

불행 중 다행이라면, 시광대 인원의 피해가 적다는 것이다.

'홍등가에서 마주했을 때도 나만큼이나 빠른 성장을 보여 줬으니까.'

어쩌면 운성에 들르기 전의 나와 비슷한 수준일지도 몰랐다.

그런 백야차를 시광대만으로 막아 낸다는 건 불가능에 가까운 일이었다.

제아무리 극양신공을 전수했고 고된 훈련을 통해 급성장을 이뤘다 하나 훈련 기간은 고작 1년 언저리 정도.

한때 이름을 떨쳤던 백야차를 상대하기엔 부족함이 많을 수밖에.

그렇기에 진유화와 시광대를 안쓰럽게 바라봤지만, 한편으론 고마운 감정이 동했다.

진유화와 시광대의 얼굴이 검게 그을려 있다.

전투 중 부상을 당한 듯 보이는 이들도 크게 다르지 않았다.

얼마나 필사적으로 막아 냈는지를 알 수 있는 대목이었다.

이를 알면서 농담이라도 실망했다고는 말할 수 없지.

모든 건 내가 부족했기 때문이지 저들의 탓이 아니었다.

"고개 들어. 너희의 잘못이 아니니까."

지금의 상황이 벌어진 것은 순전히 내 탓이다.

충분히 고민하지 않았고, 선입견에 사로잡혀 있는 그대로를 바라보지 못했기 때문이니까.

"한백사가 비고를 버릴 것을 상정하지 못한 내 실책이야."

한백사는 자신이 모은 보물을 포기하지 않을 것이라고 생각했다.

사람은 쉽게 변하지 않으니 말이다.

하지만 내 예상과는 정반대의 상황이 펼쳐졌고, 이번에는 정말 된통 당할 뻔했다.

만약 이대로 갱도에 파묻혔다면 나올 때까지 꽤 많은 시간이 걸렸을 것이다.

촌각을 다투는 전시 가운데 작용한 변수는 가까스로 만든 기회를 물거품으로 만들어 버렸을 테고 말이다.

그러니 오늘의 실수는 절대로 잊어선 안 된다.

단 한 번의 실수로 모든 걸 망쳐 버리게 될 테니까.

그렇게 스스로에게 다시 한번 경고를 던지며 생각을 정리했을 무렵.

'그건 그렇고……'

머릿속을 가득 채우던 의문을 해결하고 나니, 또 다른 궁금증이 고개를 치켜들었다.

"그런데 이건 누가 다 파낸 거야?"

"그건······."

진유화는 위를 올려다보았다.

"제가 설명드리기보다는 직접 확인하시는 게 좋을 거 같습니다."

진유화는 곧장 나를 이끌고 어디론가 향했다.

그 뒤를 따라 이동하니 시광대원들이 경례를 하며 나를 맞이한다.

고개를 끄덕이는 것으로 그간의 노고에 감사를 표하는 그때.

'음?'

나도 모르게 한 곳으로 고개를 돌렸다.

낯익은 기운이 육감에 잡혔기 때문이다.

이내 고압적인 표정으로 나를 바라보는 한 남자가 시선에 들어왔고. 예상치도 못한 인물에 나도 모르게 놀란 음성을 내뱉을 수밖에 없었다.

"······백야차?"

나는 진유화를 돌아봤다.

내 표정만으로도 무엇을 묻고자 하는지 알겠다는 듯 진유화가 고개를 끄덕였다.

"대장님이 나올 수 있게 해 준 것이 백야차의 동생분입니다."

"동생?"

백야차에게 동생이 있었던가?

그런 의문도 잠시, 한 여자가 모습을 드러내며 나에게 눈인사를 건넸다.

기생같이 화려한 복장을 한 나찰 여성.

그녀는 나를 향해 미소를 지으며 말했다.

"은혜는 갚았습니다. 부디 기억하시길."

"……은혜?"

대체 뭘 말하는 건지 도통 모르겠다.

이럴 때는 그냥 묻는 게 최고다.

"무슨 은혜 말입니까?"

그러자 백야차가 앞으로 걸어 나왔다.

"네 부하가 내 동생을 찾아 주었다. 그 은혜를 갚은 것이다."

"애초에 네가 불 지른 거라고 들었는데?"

"그래. 하지만 구해 준 건 구해 준 거 아니냐?"

너무나도 당당한 태도에 할 말을 잃었다.

하지만 쓸데없는 논쟁을 이어 갈 필요는 없다.

나는 다음 화제로 넘어갔다.

"일단 그렇다고 치고. 그런데 나를 구했다는 게 은월단의 귀에 들어가면 무사하긴 힘들 텐데?"

"상관없다. 애초에 동생을 찾기 위해 들어갔던 것이니까."

"정말 그것뿐이었나? 왜, 나찰의 세계가 오면 너한테 좋은 일 아닌가?"

나로서는 이해가 안 가는 일이었다.

애초에 동생을 찾는 게 본래 목적이었다지만, 그것만으론 크게 달라질 것이 없다.

　세상을 지배하는 게 인간인 이상 여전히 위험이 도사리는 건 마찬가지니까.

　차라리 은월단에 완전히 붙어 변혁을 도모하는 게 백번 옳은 선택이지 않을까?

　하지만 백야차는 그런 내 생각을 조소로 응수했다.

　"나찰의 세상이 아니라 그들의 세상이겠지."

　그들의 세상이라.

　백야차의 말을 듣고 보니 고개가 주억거려졌다.

　나찰의 성향을 안다면 충분히 이해할 수 있는 말이었으니까.

　동일한 종에 포함되더라도 같은 혈족이 아닌 이상 동질감을 느끼지 않는다.

　그러니 은월단이 세상을 손에 넣은들, 그 안에 포함된 나찰의 혈족만 좋은 일이겠지.

　이에 속하지 못한 나찰들은 여전히 피지배 계층으로 남게 되는 것이다.

　'그것이 나찰의 한계지.'

　그러니 백야차가 그 안에 얽매일 필요는 없다.

　충분한 힘도 갖췄으니 인간들의 세상을 자유롭게 누비며 살 수 있을 테니까 말이다.

　그런데 그밖에도 다른 이유가 있었던 것 같다.

　"그리고 은월단은 동생을 인질로 날 가지고 놀았던 놈들이다. 그런 놈들에게 힘을 보태는 건 병신이나 다름없지 않나?"

은월단도 크게 다를 바 없는 놈들이었구나.

한자리에 모이면 각자의 성향에 따라 편을 가르듯, 나찰들 또한 검은 속내를 품고 은월단에 합류한 것이었다.

나름의 대의를 위해 움직이고 있다고 생각했는데 말이다.

아니, 어쩌면 당연한 일인가?

협소한 가치관을 가진 이들에 인간이란 종까지 연관된 단체니, 저들의 파국은 예견된 일이었을지도 모른다.

어쨌든 백야차가 은월단으로 돌아가지 않는 이유는 확실하게 알았다.

"그래, 네 뜻은 잘 알았다."

그리고 나에게는 더할 나위 없는 희소식이었다.

이대로 백야차가 전선에서 물러난다면 위협적인 적이 적어도 하나는 사라지는 셈이었다.

한 사람의 고수가 치명적일 수 있는 현 시점에서는 전황에 아주 큰 도움이 될 것이다.

하지만 그 순간 내 머릿속에 더 좋은 생각이 떠올랐다.

'이거 어쩌면……'

은월단은, 알파는 배신자를 가만두지 않을 것이다.

전쟁 중이야 놔두더라도 언젠가 백야차를 찾아 그와 동생을 제거하려 들겠지.

이를 이용한다면 백야차를 인간 편으로 포섭할 수 있지 않을까?

조심스럽게 제안해 보자.

"그럼 나와 함께 신평으로 가는 건 어때?"

"뭔 헛소리냐?"

백야차는 콧방귀를 뀌었다.

"내가 너를 용서했다고 생각하나? 넌 내 동료를 죽였어."

"그건 그쪽도 마찬가지 아닌가? 너도 수많은 인간을 죽였지."

지금까지의 악연을 사사롭다고 할 수는 없을 것이다.

하지만 그렇다고 해서 서로가 절대로 용서할 수 없는 불구대천의 원수가 된 것도 아니지 않은가.

"너도 알겠지만, 나를 구한 것만으로도 은월단은 너를 가만히 두지 않을 거야. 나찰이 전쟁에서 승리한다면 더더욱 위험해지겠지."

"……."

"그러니 우리와 함께하자. 왕국은 바뀔 거다. 이번 전쟁이 끝나면 나찰들도 자유롭게 살 수 있는 그런 곳이 될 거야. 아니, 그런 곳으로 만들 거다. 그때를 위해 네가 나찰들의 대표가 되는 건 어때?"

"헛소리. 지금 나더러 그 말을 믿으라는 거냐?"

"그래, 믿기는 힘들겠지."

역시 설득은 어려웠던 건가?

계속해서 이해시키면 백야차의 마음을 돌릴 수 있을 거라 생각했는데 말이다.

'뭐, 무리도 아니지.'

지금까지 인간들이 해 온 짓을 생각한다면.

그가 걸어온 길을 되돌아본다면 나 같아도 믿지 못할 테니까.

하지만 그렇다고 포기한다는 건 아니다.

"그런 선택지도 있다는 걸 알아 둬. 혹시라도 생각이 바뀌면 신평으로 오고."

"아니, 다시는 볼 일 없을 거다."

백야차는 나를 매섭게 노려보다가 몸을 돌렸다.

그렇게 백야차와 그의 부하들은 순식간에 자취를 감춰 버렸다.

그들이 떠나 버린 공간을 바라보니 씁쓸한 마음은 어쩔 수 없었다.

오늘은 운을 뗀 것에 만족하자 싶으면서도, 인간과 나찰 간의 간극이 여전하다는 것을 또다시 실감한 것이기도 하니까.

과연 나와 신유민 전하는, 그리고 왕국은 변화할 수 있을까?

그런 걱정으로 표정이 좋지 않았던 것일까.

아린이가 다가와 어깨를 토닥거렸다.

"신경 쓰지 마, 서하야. 네 제안을 안 받아들이면 자기 손해지."

"그래, 그렇긴 하지……."

그래도 와 줬으면 좋겠다는 바람은 버릴 수 없다.

백야차가 적의 핵심 전력이란 이유 외에도.

우리가 꿈꾸는 미래의 가능성을 엿볼 수 있는 기회이기도
했으니까 말이다.

'조바심 내지 말자.'

아직 할 일은 많고, 서서히 한 계단씩 밟아 가면 될 일이었다.

그러니 지금은 마주한 일부터 신경 쓰자.

그렇게 상념을 떨쳐 낸 나는 여전히 남아 있는 의문을 해결
하고자 시선을 돌렸다.

"진유화. 백야차의 동생이 있다는 건 어떻게 알았어?"

"……네?"

"뭘 그리 놀라? 네가 가서 구해 낸 거 아니야?"

운성에 있는 내 부하라고는 오직 시광대뿐이었다.

어떻게 했는지는 감도 오지 않지만 내 부하가 구해 냈다면
이들뿐 아니겠는가?

하지만 진유화는 바로 손을 내저었다.

"제가 아닙니다."

"네가 아니라고? 그럼 누군데?"

나도 모르는 내 부하가 있었어?

하지만 그 의문은 바로 해결되었다.

"얼굴에 가면을 쓴 여자였습니다."

얼굴에 가면을 쓴 여자?

내 기억 속에서 그런 생김새를 가진 사람은 한 명밖에 없다.

전가은.

그녀가 온 것이었다.

그제야 여태껏 풀지 못했던 의문이 자연스레 해결되었다.

"그렇게 된 거였구나."

대체 어째서 이런 상황이 벌어지게 된 것인지 말이다.

'이주원의 최측근이었으니 나름의 정보는 가지고 있었겠지.'

나도 모르는 백야차의 동생이 있었다는 것과 그녀가 나를 도운 이유.

도무지 실마리를 잡을 수 없던 일들이 서서히 풀려 나갔다.

아무래도 그녀에게 아주 큰 빚을 진 것 같다.

"그럼 전가은 씨는 지금 어딨어?"

"나찰이 요술을 사용하는 것을 보고는 사라졌습니다."

"사라졌다고?"

"네. 급히 갈 곳이 있다고 했습니다."

개인적인 사정일까? 아니면 후암의 단원으로서 계속해서 활동하고 있는 것일까?

무슨 연유인지는 모르겠으나, 당장 만날 수 없다는 사실에 아쉬움이 밀려들었다.

그래도 고맙다는 인사 정도는 하고 싶었는데 말이다.

"그러면 다음을 기약해야겠네."

비록 연이 닿진 못했으나, 일이 잘 풀렸으니 또 만날 수 있겠지.

'인사는 나중에 하자.'

지금은 시급히 처리해야 할 일이 산적해 있었으니 말이다.

나는 다시금 비고 안으로 들어가 뻗어 있는 최 무사에게 침을 놓았다.

"허억!"

"일어났습니까? 선배님."

"차, 찬성사님?"

내 얼굴을 확인하기 무섭게 화들짝 놀라는 최 무사.

이내 벌떡 일어나 주변을 둘러보는 그였지만, 난 급히 용건부터 꺼냈다.

"궁금한 건 많겠지만 일단 밖부터 확인해 보시죠."

"밖은 왜……?"

내 손가락을 따라 출구를 바라보던 최 무사의 표정이 빠르게 굳어 갔다.

그래, 놀랄 수밖에 없겠지. 갱도 밑에 묻혀 있는 비고로 햇빛이 들어오고 있었으니 말이다.

그는 황급히 비고 밖으로 달려 나가더니 그대로 굳어 버렸다.

"이게 무슨……!"

"놀랍죠?"

얼마나 당황스럽겠는가.

어두워야 할 공간에 빛이 내리쬘 뿐 아니라 비고에 들어서기 전 마주했던 것과는 전혀 다른 광경일 테니까.

"나를 파묻어 버리라고 지시했다더군요. 땅 전체를 들어내지 않았으면 정말 죽었을 겁니다."

최 무사가 도저히 믿지 못하겠다는 얼굴로 나를 바라보았다.

좀체 가만히 있지 못하고 쉴 새 없이 요동치는 눈동자.

그 또한 눈치챈 것이다.

그 명령 안에 어떤 의미가 담겨 있는지 말이다.

"선배님 생각이 맞습니다."

비단 죽이려 했던 건 나뿐만이 아니다.

함께 생매장시키려던 대상엔 운성오강 또한 포함돼 있었다.

즉, 한백사의 의도는 명확했다.

"당신들은 버림받았습니다."

최 무사는 침을 삼키며 주먹을 쥐었다.

승산이 없다는 것을 알면서도 어떻게든 가주를 위해 몸 바쳤다.

그런 헌신의 결과가 고작 토사구팽이라니.

배신감이 클 수밖에 없겠지.

나는 분노로 부들부들 떠는 최 무사의 어깨에 손을 얹으며 말했다.

"어찌하시겠습니까?"

순간 최 무사의 눈빛에서 동요가 보인다.

고민이 되는 건 무리도 아니었다.

내가 던진 제안은 결코 쉽게 결정할 수 없는 것이었으니 말이다.

하지만 그가, 운성오강이 내릴 수 있는 선택은 한 가지뿐이 었다.

버림받은 개로서 살고자 한다면 주인을 물어뜯는 것 외엔 달리 방도가 없을 테니까.

"운성의 가주를 바꾸는 데 함께하시겠습니까?"

결단을 내릴 시간이었다.

해운산의 중턱에는 낡은 정자가 있다.

이주원은 그 정자를 좋아했다.

맑게 흐르는 개천이 내려다보이며, 가을에는 아름다운 단풍이 붉게 물드는 곳.

일이 있어 운성에 찾을 때면 한 번은 꼭 들렀던 장소였다.

바쁜 삶으로 복잡해진 마음의 안식을 찾기엔 이곳만큼 좋은 곳이 없었다.

그러나 오늘은 좀체 평안을 만끽하지 못했는데.

"이러고 계실 때가 아닙니다."

옆에 자리한 미월이 입술을 깨물며 안절부절못하고 있었기 때문이다.

"전가은이 설화를 데리고 갔다 말씀드리지 않았습니까? 상황이 어떻게 돌아가고 있을지 알 수 없습니다. 지금이라도 피신하셔야 합니다."

"굳이 그렇게 해야 되나?"

이에 이주원은 환한 미소를 지어 보였다.

"더 이상 급할 것도 없는데."

"방주님!"

미월이 소릴 지르며 반대했지만, 이주원의 생각은 바뀌지 않았다.

"그렇게 화낼 필요 없어. 어차피⋯⋯."

그러면서 시선을 돌려 정자로 들어오는 길을 바라봤다.

"이미 늦었으니까."

차분한 음성과 동시에, 한 사람이 둘을 향해 천천히 걸어왔다.

삿갓 때문에 대부분이 가려졌으나, 걸음을 내디딜 때마다 이면에 감춰진 가면의 일부분이 드러났다.

"여기 계셨군요."

그 목소리에 미월은 경기를 일으키며 자리에서 일어났다.

"전가은⋯⋯!"

이를 악물던 그녀가 목에 핏대를 세우며 고래고래 소리쳤다.

"예가 어디라고 찾아온 것이냐!"

당장이라도 찢어발기겠다는 살의가 미월의 몸에 넘실거렸다.

"방주님의 은혜조차 잊은 네년이 감히!"

홍등가의 기생들이 이주원을 원망하는 건 이해할 수 있다.

하지만 낙화루 출신의 기생은 그러해서는 안 된다.

이주원이 아니었다면 이미 썩어 문드러졌을 이들이 아니던가.

구원받은 자로서 그 누구도 방주를 비난할 권리는 없었다.

"아무리 천한 태생이라지만 인간의 도리조차 잊은 것이냐!"

비방이 계속되는 와중에도 전가은은 천천히 걸음을 옮겼다.

그렇게 묵묵히 이동한 결과, 이내 정자의 입구를 막는 미월의 앞에 멈춰 섰다.

"방주님의 은혜는 너무나도 잘 알고 있습니다. 그렇기에……."

전가은은 자신의 앞을 막는 미월을 밀어냈다.

무공을 익히지 못한 미월은 그저 인형처럼 날아갈 수밖에 없었다.

"반드시 해야 할 일입니다."

전가은은 정자 위로 올라가 이주원의 앞에 섰다.

이주원은 그런 그녀를 향해 잔을 내밀었다.

"늦었네?"

이주원을 누구보다도 잘 아는 전가은이 그가 가장 좋아하는 장소를 모를 리가 없었다.

그럼에도 이주원은 느긋하게 술잔을 기울이고 있다.

그 뜻은…….

"제가 올 줄 알면서도 이곳에서 기다리고 있었습니까?"

이주원은 미소로 대답을 대신했다.

전가은은 그런 그를 내려다보며 말을 이어 갔다.

"왜 그러셨습니까? 희망을 주셨으면 끝까지 책임을 지시지, 어찌하여 그렇게 모질게 버리셨습니까?"

"난 버리지 않았는데."

"버렸습니다. 홍등가를. 당신의 여동생들을 전부."

"왜 자꾸 버렸다고 하지?"

이주원은 씁쓸하게 말했다.

"가은아. 난 내 인생을 살았고, 너희는 너희의 인생을 살았을 뿐이라고. 애초에 너희를 가진 적도 없어. 순전히 너희의 착각이었다고."

"……."

"그러니 앞으로는 명심해. 타인을 위해 스스로를 희생하는 자는 이 세상에 단 한 사람도 없어. 누군가에게 뭔가를 해 준다는 것 이면엔 그들이 바라는 무언가가 있다는 뜻이니까."

천천히 잔을 들어 내용물을 들이켠 이주원은 고개를 들어 전가은을 올려다보았다.

"할 말은 끝이야. 이제 네 일을 해라."

전가은은 소태도를 뽑아 들었다.

그 소리에 미월이 경기를 일으키며 소리를 질렀다.

"하지 마! 하지 말라고!"

미월의 간곡한 요청에도 불구하고 전가은은 검을 치켜들었다.

화재가 일어나던 날이 기억난다.

자신을 구하기 위해 화마에 뛰어들었던 이주원의 모습이 떠오른다.

화상을 입어 축출되던 자신을 구원해 주었던 늠름한 모습 또한 눈앞에 그려진다.

그때의 이주원은 너무나도 아름답고 고결했다.

'분명 그랬었는데……'

하나, 그 모든 것이 전부 착각이었구나.

그런 깨달음과 함께 칼이 떨어진다.

이주원은 피하지 않았다.

그저 묵묵히 전가은의 검을 받을 뿐.

"잘 놀다 가는구나."

이윽고 그녀의 소태도가 백옥과도 같은 이주원의 목을 베었다.

상처가 벌어지며 피가 나온다.

그 순간에도 이주원의 표정엔 변함이 없다.

그는 미소를 지은 그 상태 그대로 천천히 앞으로 고꾸라졌다.

"방주님……!"

미월이 땅을 더듬으며 다가와 이주원을 안았다.

"어, 어째서! 도대체 왜! 너도 은혜를 받았으면서 왜!"

"그래서 그랬습니다."

전가은은 검을 넣고 정자를 내려왔다.

그녀의 가면에서 눈물이 새어 나왔다.

"더는 추해지지 마시라고."

그래서 자기 손으로 마무리를 지은 것이다.

너무나도 큰 은혜를 받았기에.

다른 이에게 모욕당하게 내버려 둘 순 없었으니까.

너무나도 사랑했기에 증오할 수밖에 없었던 사람.

전가은에게 있어서 이주원은 인생의 전부.

오늘 그녀는 자신의 인생을 베었다.

그 감촉은 영원히 그녀의 손에 남아 사라지지 않으리라.

이후의 일은 일사천리로 진행되었다.

가장 먼저 한 일은 비고 안의 영약을 신평으로 옮기는 것이었다.

백야차의 동생분께서 친히 비고 문을 활짝 열어 주셨는데 욕심 부리지 않을 이유가 없지 않은가.

영약은 많으면 많을수록 좋으니 말이다.

그렇게 비고에 대한 건은 시광대에게 맡기고, 나는 분노한 운성오악과 함께 도시로 돌아갔다.

"이서하!"

이 순간을 기다리고 있었다는 듯 한영수는 버선발로 달려나와 반겨 주었다.

고개를 푹 숙인 운성오악을 슬쩍 살피며 잠시 당황하는 듯했지만 녀석은 금세 떨쳐 내곤 말을 이어 갔다.

"무사히 돌아온 걸 보니 잘 풀렸나 보네."

"다행히."

그 말에 한영수는 어깨를 으쓱이며 한껏 기고만장해졌다.

"은혜 있지 마라."

"너한테 도움 받은 것도 없는데 무슨 은혜?"

"얘가 섭섭한 소릴 하네. 이렇게 돌아올 수 있었던 것도 내가 활약한 덕분인데."

"그게 무슨 말이야?"

영문 모를 소리에 고개를 갸웃거리자, 한영수는 못마땅하다는 얼굴로 혀를 찼다.

"어떤 나찰 동생을 구해야 살 수 있다고 해서 내가 힘 좀 써 준 거라고. 요약하자면."

한영수는 내 어깨에 손을 얹으며 방긋 미소 지었다.

"내가 한몫해서 가능했던 일이니까, 모른 척하면 안 된다?"

"……."

전가은을 도와줬던 게 한영수였던 건가?

그제야 상황이 어떻게 돌아간 것인지 대강 짐작할 수 있었다.

한편으론 한영수를 다시 보게 되었다.

솔직히 신권대회 때는 없느니만 못한 수준이었는데 이제는 나름 도움까지 되어 주니 말이다.

"그래, 인마. 잘했다."

"내가 말이야, 지금까지는 안 해서 그렇지 막상 하면 또 잘한다니까!"

의기양양하게 웃어젖히는 한영수의 모습에 나도 모르게 한숨이 새어 나왔다.

잠시 대견하다 여겼지만, 생각을 고쳐먹어야겠다.

고작 잘했다는 말 한마디에 기고만장해지는 걸 보면 아직 먼 거 같으니까.

그래도…….

'내가 알던 모습과는 확실히 달라졌으니.'

썩어 빠졌던 회귀 전과는 완전히 다른 사람이 된 한영수.

혹시나 싶으면서도 소가주에 올리기로 마음먹었던 결정은 틀리지 않은 것이다.

그렇게 만족감과 함께 앞으로의 기대감을 담아 한영수를 바라보던 나는 잠시 잊고 있던 용건을 꺼내 들었다.

"이왕 도와준 김에 한 가지만 더 부탁하자."

"뭐든 말만 해."

"재판을 진행해야 하니까 운성 관리들을 다 모아. 한 명도 빼놓지 말고. 한 가주를 체포해 오는 것도 잊지 말고."

"체포해 오라고?"

"당연한 거 아닌가? 이유는 굳이 말 안 해도 알지?"

한영수는 침을 삼키고는 고개를 끄덕였다.

"알지, 너무 잘 알지. 바로 명령 내릴게."

"아니, 다른 사람 보내지 말고 네가 직접 가서 잡아 와."

"내가 직접?"

"응, 그리고……."

나는 한영수의 귀에 대고 앞으로의 작전을 속삭여 주었다.

"……명심해. 이번 작전에선 네 역할이 가장 막중하니까."

"그래."

난 금세 표정이 어두워진 한영수의 어깨를 토닥여 주었다.

부디 마지막까지 소임을 다해 주길 바라며.

그로 인해 운성의 세대교체도 막을 내리게 될 것이다.

얼마 지나지 않아 수많은 이들이 몰려오며 관청은 발 디딜 곳 없이 붐비게 되었다.

모두가 운성에서 나름 권세를 누리는 자들.

그런데 한 사람도 빼놓지 않고 얼굴에 긴장감이 역력했다.

한백사의 저택에서 소란이 발생했다는 소식을 접했기 때문이겠지.

그러니 모두가 예상하고 있을 것이다.

앞으로 더욱 큰 사건이 벌어지리라는 것을 말이다.

그렇게 두려움과 불안 등 온갖 감정으로 얼룩진 시선이 관청의 문을 향하고 있을 때.

한영수가 천천히 모습을 드러냈다.

그 뒤를 따라 한백사가 포박된 채 끌려왔다.

정신이 나간 듯한 표정에 산발이 된 머리.

위엄 있던 면모는 사라지고 영락없는 죄인의 모습만이 비
춰질 뿐이었다.

이에 한 관리가 목청을 높이며 외쳤다.

"지금 이게 무슨 짓입니까! 재판이 시작되기도 전에 벌써
부터 죄인 취급이라니요! 심지어 대가문의 가주에게 이 무슨
무례입니까!"

뒤이어 몇몇이 그의 의견에 동조하며 불만을 드러냈다.

저들은 한백사가 무슨 잘못을 저질렀는지를 모르는 모양
이다.

'굳이 입 아프게 설명해 줄 필요는 없겠지.'

어차피 잠시 뒷면 원하지 않더라도 자연히 알게 될 테니 말
이다.

"지금부터 죄인 한백사의 재판을 시작하겠다."

모두의 시선이 쏠린 가운데, 서서히 한백사의 죄목을 읊어
나갔다.

"전쟁 중 왕국을 배신하고 나찰의 편에 붙었으며, 그 과정
에서 국왕 전하의 사자이자 이 나라의 재신을 죽이려 들었다."

슬쩍 주변을 살피니 관리들의 반응은 제각각이었다.

올 게 왔다는 듯 눈을 질끈 감는 자.

두 눈을 동그랗게 뜨고 입을 다물지 못하는 자.

그리고 이럴 줄 알았다는 듯 고개를 떨구는 이들까지.

반면 동일한 반응이 있다면, 어느 누구도 소리를 내지 못한다는 것.

관청 내부엔 무거운 침묵만이 감돌고 있었다.

이런 반응이 당연하겠지.

언급된 죄목만으로도 운성이 피바다가 되고도 남았으니 말이다.

"죄인은 혐의를 인정하는가?"

"······."

침묵을 유지하는 건 한백사 또한 마찬가지.

이건 좀 예상 밖이었다.

'이건 내가 원했던 그림이 아닌데.'

길길이 날뛰며 판을 키워 줘야 하는데 말이다.

과연 이 난관은 어떻게 풀어 가야 할까 고민하려던 그때.

"소신이 감히 한 말씀 올려도 되겠습니까?"

한 관리가 걸어 나와 고개를 숙이며 예를 표했다.

내가 묵묵히 바라보기만 하자, 그는 허락한 것으로 받아들이곤 이내 말을 이어 갔다.

"증거는 있으십니까?"

두려움이 어려 있으면서도, 이대로 물러날 수 없다는 용기 또한 눈동자에서 느껴졌다.

그 호기가 내심 기뻤고 반가웠다.

한백사에게 듣고 싶었던 물음을 대신 내뱉어 주었으니 말이다.

"운성은 왕국이 건국된 때부터 살신성인의 자세로 나라의 부흥에 이바지해 왔습니다. 그러한 운성에 대역죄를 물으신 만큼 확실한 증좌가 있으셔야 할 것입니다."

차분한 음성이 침묵만으로 가득했던 관청에 울려 퍼졌다.

이 고저 없는 목소리가 가져온 변화는 실로 대단했다.

당황만으로 가득했던 운성 관리들의 얼굴에 비장감이 어렸으니 말이다.

'그래, 이렇게 나오셔야지.'

관리는 한백사가 아닌 운성을 거론했다.

일개 개인의 일탈에서 벗어나 가문으로 범위를 확대했다는 것. 한백사를 운성 전체와 연결시키겠다는 의도였다.

그리고 대가문의 명예를 실추시킨 만큼, 진실이 아닐 경우 응분의 대가를 치르게 만들겠다는 경고이기도 했다.

'그만큼 한백사에 대한 신의가 두텁다는 말이겠지.'

쇠퇴해 가던 운성을 대가문의 반열에 올려놓은 가주.

한백사를 향한 운성의 충성심은 내 생각보다 대단하다는 뜻이었다.

그렇기에 안타까웠다.

주인을 잘못 만난 탓에 올곧은 충성은 삐뚤어진 결과로 끝이 났으니 말이다.

그리고 관리들의 모습에서 내 계획은 더욱 굳건해졌다.

절대로 운성을 가만히 내버려 둬선 안 된다는 뜻이었으니까.

한백사가 중심이 된 운성은 철저하게 박살 내야만 했다.

"그대의 발언을 정정하도록 하지. 나는 운성이 아닌 가주 한백사에게 죄를 묻는 것이다. 논점을 흩트리지 말도록."

네놈들이 원하는 대로 끌려갈 생각은 추호도 없다.

실질적인 근거를 요청했으니, 이 또한 뜻대로 해 줘야겠지.

"증좌를 내놓으라 했나? 바라는 것이 그것이라면 그렇게 하지"

난 슬쩍 고개를 돌려 한 곳을 바라봤다.

"증인은 앞으로 나오라."

내 말이 떨어지기 무섭게 한 사람이 중앙으로 걸어 나왔다

관리들이 술렁거리기 시작한 것도 동시였다.

당연한 반응이었다.

지금 그들의 눈앞에 선 사람은 한백사의 최측근이나 다름없는 최 무사였으니까.

"그대가 보고 들은 것을 사실대로 고하라."

"예, 찬성사님."

최 무사는 잠시 옛 주인을 내려다보다 작게 심호흡하며 입을 열었다.

"한백사 가주는 저에게 미리 비고로 이동해 먼저 영약을 빼돌리라 명령했습니다. 또한, 가능하면 찬성사님을 제거하라 하셨습니다."

순식간에 관청이 시장 한바닥처럼 소란스러워졌다.

웅성대는 소란 사이로 누군가의 한숨 소리도 뒤섞인다.

국왕 전하의 명을 받고 온 재신을, 그것도 전시 상황에 해하려 들었다는 건 제아무리 왕국 4대 가문의 가주라도 용서받을 수 없는 일.

심지어 최측근이 나서 이를 증언했으니, 무게감이 다를 수밖에 없었다.

이 기회를 놓칠 내가 아니었다.

"증거가 더 필요한가?"

내 물음에 앞서 당당하게 협박하던 관리는 안절부절못하며 뒷걸음질 쳤다.

이제는 그로서도 방법이 없겠지.

여기서 한백사를 두둔했다가는 함께 역모를 꾀했다고 자백하는 꼴이 될 테니 말이다.

그렇게 한 차례의 소요를 마무리한 나는 다시금 중앙으로 시선을 돌렸다.

"수고했다. 증인은 이만 물러나도 좋다."

"감사합니다."

고개 숙여 예를 표하는 최 무사를 뒤로하고, 사건의 중심이

자 나의 최종 목표에게 회심의 일격을 날렸다.

"죄인 한백사는 반론해 보도록."

"……."

반발이 클 거라는 예상과 달리, 한백사는 여전히 넋이 나간 듯 바닥만 바라볼 뿐이었다.

마치 모든 것을 포기한 것처럼.

예상외의 반응이었으나 오히려 좋다.

"대답이 없다면 이의가 없는 것으로 알겠다."

피고인이 이의를 제기하지 않는다면 재판은 그걸로 끝이었다.

"마지막으로 할 말 있나?"

유언 정도는 남기게 해 줄 생각에 던진 말이었다.

그런데 한백사의 물음은 전혀 뜻밖이었다.

"……설화는 오라비를 만났는가?"

설화? 그게 누군데?

전혀 예상치 못한 질문이기도 했고 처음 들어 보는 이름이었기에 고개를 갸웃할 수밖에 없었다.

그러자 한백사는 즉시 설명을 덧붙여 주었다.

"너희가 찾은 나찰 여인 말이다."

아, 백야차 동생을 얘기하는 거였어?

그런데 생각해 보니 이마저도 어이가 없었다.

길을 떠나기 전 마지막으로 묻는 게 나찰의 소식이라니.

왜 그것이 궁금한지는 알 수 없으나, 원하는 게 그뿐이라면 대답해 주는 건 어렵지 않았다.

"잘 만났고 행복해하며 떠났다."

"……그런가?"

한백사는 체념한 듯한 얼굴로 하늘을 올려다봤다.

"네가 그놈을 죽였으면 좋았을 텐데. 아쉽게 되었구나. 그 랬다면 설화도 나에게 돌아왔을 것을."

"……"

한백사가 변한 것인가?

순간적으로 그런 생각이 들었으나 내 착각이었다.

백야차 동생의 안녕을 바라는 것은 아닐까 싶었는데, 역시 나 사람은 쉽게 변하지 않는다.

"그만 끝내자. 이제 살아야 할 이유도 없구나."

설화라는 나찰의 안부를 물었던 것도, 여전히 탐욕을 버리 지 못한 데서 기인한 것이었으니 말이다.

더 이상 대화를 나눌 가치도 느껴지지 않았다.

"그럼 판결을 내리겠다."

대역죄인에 대한 처벌은 참수 혹은 능지처참.

단숨에 죽음을 맞이하느냐, 아니면 처절하게 죽어 가느냐 의 차이만 있을 뿐이었다.

예견된 결과에 모두가 담담히 이어질 말을 기다렸다.

"죄인 한백사를 참형에……."

그렇게 권세를 누리며 패악질을 일삼던 한백사에게 마지막을 고려하는 그때.

"이의 있습니다!"

한영수가 내 말을 끊으며 앞으로 걸어 나왔다.

가주의 정적이나 다름없는 소가주가 돌발 행동을 벌이자 모두가 휘둥그레진 눈동자를 그를 바라봤다.

그와 동시에 한영수가 무릎을 꿇으며 입을 열었다.

"비록 저희 할아버님이 큰 잘못을 저지른 것은 사실이나, 평생을 왕국을 위해 일한 점을 생각하시어 선처해 주시길 간곡하게 부탁드립니다."

절박하게 외친 한영수는 바닥에 이마를 찧었다.

"부디 저를 봐서라도 한 번만!"

쿵! 쿵! 소리가 쉴 새 없이 울려 퍼졌다.

한영수는 이마에서 피가 흘러내려도 행동을 멈추지 않았다.

관리들의 얼굴에 당혹감이 번져 갔다.

한백사의 유죄가 확정된 지금, 명실상부 운성의 차기 가주는 한영수의 몫이었다.

그런데 바닥에 이마를 박아 가며 현 가주의 목숨을 살려 달라 애원하고 있다. 정치적 관계를 떠나 피로 엮인 가족의 입장을 헤아려 달라며 말이다.

그런 그의 행동에 감명을 받은 듯 한백사 측 관리들 또한 하나둘 소리를 높이기 시작했다.

"선처해 주시옵소서!"

"선처해 주시옵소서!"

이윽고 관리들 역시도 무릎을 꿇고 땅에 이마를 찧는다.

4대 가문의 가주.

그것도 앞날이 창창한 젊은 가주와 관리들이 모두 고개를 조아리는 상황.

참으로 난감한 상황이다.

난감한 상황인데…….

'웃지 말아라. 표정 관리. 표정 관리.'

절로 올라가려는 입꼬리를 억누르기 위해 혼신의 힘을 다했다.

'잘하네. 한영수.'

내가 참형을 선고하기 전, 한영수가 이의를 제기하고 선처를 부탁하는 것.

이것이 바로 운성 통합 작전의 핵심이었다.

'운성은 여전히 양분화되어 있다.'

한백사는 악인이지만, 운성의 황금기를 이룩한 강력한 지도자이기도 했다.

한영수가 소가주가 된 이후 실권을 잃었음에도 권력을 유지할 수 있었던 것도 그 때문이었다.

즉 단순한 세대교체로는 운성의 변화를 도모할 수 없다는 말이었다.

이대로 한영수가 가주에 오른다 한들 한백사의 세력은 그대로 남아 사사건건 발목을 잡고 늘어질 것이다.

저들의 눈에는 가주, 그리고 자신의 할아버지를 팔아 권력을 잡은 놈으로 보일 테니 말이다.

하지만 모두가 보는 앞에서 한영수가 무릎을 꿇고 할아버지의 구명을 애원한다면?

그로 인해 한백사가 살아남는다면 어떨까?

'그 누구도 한영수를 인정하지 않을 수 없겠지.'

나는 최대한 고민하는 척 시간을 끌다가 입을 열었다.

"소가주의 효심이 지극함은 이해하나, 죄의 중함을 고려하면 타당치 않다."

"가주님의 목숨만 살려 주신다면, 국왕 전하의 하해와 같은 은혜에 반드시 보답하겠습니다!"

"어떻게 말인가?"

"앞서 협력하기로 한 보급 이외에 무사들의 지원도 이행하겠습니다."

옳지, 잘한다 한영수.

단순히 죽여 마땅한 이를 살리는 대가로 한영수를 가주에 올리는 것만으론 마땅치 않았다.

그래서 마련한 방안이 바로 운성의 모든 것을 가져가는 것.

한백사 덕분에 영약 외에도 예정에 없던 이득까지 챙겨 갈 수 있게 된 것이다.

"이후로도 왕국을 위해 충성을 바치겠습니다. 그러니 제발 할아버지만은⋯⋯."

땅에 고개를 박은 채 흐느끼는 한영수를 보며 속으로 쾌재를 불렀다.

이로써 계획했던 모든 것을 이루었다.

나는 영약과 무사를 손에 넣었고, 한영수는 운성의 진정한 가주로 발돋움하게 되었다.

더 이상 내가 알던 운성은 존재하지 않는다는 뜻이었다.

이제는 왕국을 떠받치는 대가문의 면모를 보여 줄 테니 말이다.

"그렇게까지 말한다면, 생각을 달리해야겠군. 소가주를 비롯한 운성 모두의 뜻을 고려해, 이번 사건은 일반적인 죄인과 다르게 보도록 하겠다."

나는 근엄함 얼굴로 한백사를 내려다보며 최후의 선고를 내렸다.

"소가주의 요청에 따라 죄인에게는 이례적으로 귀향형을 선고한다. 귀향지는 남주. 오늘 안으로 채비를 갖춰 운성을 떠나도록 하라."

"감사합니다! 찬성사님!"

한영수가 감사를 외치고 관리들 역시 그의 말을 복창했다.

하지만 그 순간이었다.

"귀향이라니! 차라리 그냥 죽여라!"

지금껏 처연한 얼굴로 자포자기한 듯하던 한백사가 죽여 달라며 발광하기 시작했다.

귀향은 그가 바라던 게 아니었으니 말이다.

'한백사 입장에서는 차라리 죽는 게 낫겠지.'

정점에 있던 사람이 나락으로 떨어지는 것은 죽음보다 싫기 마련이다.

모든 걸 빼앗긴 마당에 구차하게 삶을 연명하고 싶진 않았 겠지.

하지만 뜻대로 되게 내버려 둘 내가 아니다.

'암, 절대로 그럴 수는 없지.'

결단코 죽음이란 평안을 선사해 줄 생각은 없다.

그렇기에 한백사에겐 귀향만큼 최악의 형벌이 없다.

모든 것을 잃은 채 하루하루를 지옥 속에 살아가게 될 테니까 말이다.

"이서하아아아아아아!"

한백사가 비명을 지르며 끌려 나갔지만, 어느 누구도 그를 안타깝게 바라보지 않았다.

철저하게 본인의 이익만을 노리는 추악함을 모두가 알게 됐기 때문이다.

그렇게 모든 계획을 순탄하게 끝마친 나는 한영수를 일으 켜 세우며 흡족한 미소를 보냈다.

"고생했다. 생각보다 잘하던데?"

"그것도 못 하면 병신이지."

"그래, 그럼 앞으로도 잘 부탁한다."

전쟁에 임하기 전 반드시 마련해야 하는 세 가지 요소가 있다.

첫째는 수준급 무사들을 보유하는 것.

신평과 계명, 남주에서 올라올 군단, 그리고 운성의 지원까지 고려하면 무사들의 수는 얼추 마련됐다 할 수 있었다.

거기에 상혁이와 민주, 목령인들도 함께할 테니 나름 대등한 수준은 갖춘 것이나 마찬가지였다.

두 번째는 뛰어난 장비.

이 부분은 오래전부터 은악에서 대비해 왔기에 걱정할 것이 없었다.

그렇기에 반드시 해결해야 했던 문제가 바로 세 번째 보급.

이번 사건을 계기로 전쟁에서 승리하기 위한 마지막 조각을 손에 넣게 된 것이다.

"걱정하지 마라. 완벽하게 해낼 테니까."

"그래, 기대하마."

전쟁에 대비한 준비는 모두 끝마쳤다.

이제 남은 것은 단 하나뿐이다.

은월단과의 전쟁에서 승리하는 것.

그것이 내 유일한 목표였다.

Chapter 136.

양천(楊川).

허운이 깨어나며 활기를 되찾았으나, 그 또한 오래가지 못했다.

수도의 비보가 날아들며 또다시 슬픔에 잠겼기 때문이다.

그러나 희생된 이들을 추모할 시간은 없었다.

되살아난 가주의 조치로 바삐 움직였으나 그간 마련한 약재조차 부족한 지경이었으니 말이다.

그것뿐인가.

모든 의원들이 군의관으로 징집되어야 할 만큼 왕국이 위태로운 상태였기에 죽음을 애도하는 것조차 사치나 다름없었다.

그렇게 우중충한 분위기 가운데 애써 비통함을 억누르며 쉴 새 움직이길 한참.

가까스로 휴식 시간을 갖게 된 젊은 의원이 궐련을 힘껏 빨아들인 뒤 한숨을 내쉬었다.

"요즘은 두 시진도 못 자는 거 같습니다."

그러자 중년의 의원이 옆에 앉으며 궐련을 빼앗았다.

"아무리 힘들어도 약선님만 하겠나?"

"그러게요. 우리가 어떻게 해야 합니까?"

"그걸 알았다면 내가 이러고 있었겠나?"

중년 의원이 무거운 숨을 토해 내며 한 곳으로 시선을 옮겼다.

문이 닫힌 작업실.

저 안에선 약선님이 작업에 한창이었다.

여느 때와 다름없는 모습.

아니, 오히려 작업량을 더욱 늘리며 의욕을 불태웠다.

하지만 양천에 속한 의원이라면 그것이 결코 정상적이지 않음을 모를 리가 없었다.

"저리 무리하지 않으셔도 되건만……."

선왕 신유철과 무신 이강진.

평생을 함께했던 친우가 한날한시에 사망했다.

약선이 느꼈을 충격이 얼마나 극심할지는 굳이 고민할 필요가 없는 것이다. 겉으로 태연하게 굴고 있으나, 속은 이미 썩어 문드러지고도 남았을 터.

저러다 또다시 쓰러지면 어쩌나 하는 걱정을 떨쳐 낼 수가 없었다.

"오늘 끼니도 거르셨다고 하시던데요."

"대체 무슨 생각이신 건지……."

그렇게 두 의원이 연신 탄식을 토해 낼 때였다.

"네놈들 몸이나 걱정하거라."

"히익!"

두 의원은 화들짝 놀라며 뒤를 돌아봤다.

그곳에는 약선이 미소를 지은 채 서 있었다.

"야, 야, 약선님!"

급히 궐련을 밟아 끈 의원들은 차렷 자세로 섰다.

"작업은 다 끝내고 놀고 있는 것이냐?"

"아, 아직 좀 남았습니다."

"그렇다면 서둘러라. 일주일 뒤에는 우리도 신평으로 가야 하니까."

그 말을 끝으로 약선이 등을 돌려 멀어지려 하자 젊은 의원이 다급히 목소리를 높였다.

"저, 약선님!"

"아직 할 말이 남았느냐?"

"건강은 괜찮으십니까? 다른 의원들이 걱정이 많습니다."

그뿐만 아니라 중년 의원 또한 근심 어린 눈빛으로 약선을 바라봤다.

부디 더 이상 무리하지 않길 바라는 마음을 담아.

그런 두 사람의 마음을 알아챘는지 약선이 싱긋 미소를 지으며 두 의원의 어깨를 토닥였다.

"신경 쓸 것 없다. 10년은 젊어진 기분이니까. 그보다 너희들 건강이나 생각하거라."

약선은 의원에게서 궐련을 빼앗은 뒤 입에 물었다.

"이게 피울 때는 좋아도 몸에 안 좋은 거라고 누차 말하지 않았더냐?"

"그, 그렇습니까?"

"연구가 더 필요하지만, 어쨌든 피우지 않는 게 좋다."

"아, 알겠습니다."

"그래, 수고해라."

그 말을 끝으로 약선은 걸음을 옮겨 사라졌고.

다시금 둘만 남게 된 의원들은 한동안 약선이 향한 작업장 문을 멍하니 바라봤다.

"아우, 깜짝 놀랐네."

"그러게 말입니다. 심장 떨어지는 줄 알았습니다."

젊은 의원은 가슴을 쓸어내렸다.

그때, 한 가지 의문이 그의 머릿속에 스쳐 지나갔다.

"그런데 약선님께서 원래 궐련을 피우셨습니까?"

"……그러게?"

몸에 안 좋으니 입에도 대지 말라는 말과 달리 본인은 여유롭게 궐련을 무는 모습. 이에 잠시 의문이 들었으나 중년 의원은 금세 고개를 끄덕였다.

"지금은 저것에라도 기대고 싶으시겠지."

궐련을 통해 잠시라도 심적 고통을 잊을 수 있다면 다행일 테니 말이다.

그렇게 두 의원은 약선이 궐련을 피웠다는 사실을 별것 아닌 것으로 치부해 넘겼다.

운성에서 폭풍과도 같은 나날을 보내고 신평으로 돌아왔을 때.

왕국 각지에서 몰려든 마차가 수없이 도열해 있었다.

어림잡아도 최소 며칠은 대기해야 할 만큼 길게 늘어선 줄.

중요한 일도 끝마쳤겠다, 느긋하게 기다릴 생각으로 대기 줄 끄트머리에 자리를 잡았는데.

저 멀리서 한 무사가 급히 말을 타고 다가왔다.

"이서하 찬성사님, 모시러 왔습니다. 안으로 드시지요."

이렇게 모시러 나올 줄이야.

더군다나 수백 대를 새치기하며 지나가도 그 누구도 뭐라고 하지 않았다.

이래서 권력, 권력 하는 건가?

하지만 가만히 생각해 보면 그다지 좋은 일도 아니다.

일찍 들어오라는 건 산더미처럼 쌓인 일을 처리하라는 뜻일 테니. 그 예상이 맞다는 듯 누군가 마중을 나와 있었다.

"잘 돌아왔다. 이서하 찬성사."

왜 신유민 전하가 여기에?

나는 급히 마차에서 뛰어내렸다.

"전하! 어찌 나와 계십니까?"

아무리 내가 반가워도 그렇지, 이건 아니었다.

수수한 차림은 그렇다 치더라도 수행원으로 대동한 게 백성엽 대장군님뿐이었으니 말이다.

국왕이라는 사람이 이렇듯 무방비하게 다니면 어쩌자는 것인가?

"지금이 전시라는 사실을 잊으신 겁니까? 이렇게 돌아다니시다 변이라도 당하면 어쩌시려고……."

나찰과의 전쟁을 준비하는 과정에서 신유민 전하는 필수 불가결한 존재였다.

그가 존재하기 때문에 왕국이 하나로 뭉칠 수 있고, 대의라는 명분 또한 거머쥘 수 있으니 말이다.

그런 내 답답함을 아는지 모르는지, 전하는 손사래를 치며 웃어 보이셨다.

"서하야, 근심이 과해도 탈이다. 백성엽 대장군이 떡하니 버티고 있는데 걱정할 게 있겠느냐?"

묵묵히 시립해 있던 백성엽 대장군님도 한 손 거들고 나섰다.

"왕국 제일검의 눈에는 제가 썩 미덥지 않은가 봅니다."

"그렇겠군요. 찬성사라면 충분히 그렇게 생각할 수도 있겠습니다."

아니, 그런 뜻으로 한 말이 아닌데?

그보다 그렇게 끝내 버리면 어떡하라는 겁니까?

두 상급자의 농담에 순간 식은땀이 흘러내렸다.

왠지 주변 사람들이 나를 이상하게 바라보는 것 같았으니 말이다.

"장난은 그쯤 하시죠. 다들 진짜인 줄 알겠습니다."

"난 진심으로 한 말이었다."

"전하!"

내가 급히 발끈하고 나서자 두 사람의 얼굴에 장난기가 어렸다.

"하하하, 찬성사가 이리 당황해하는 모습은 또 처음 보는 거 같구나."

"이 정도면 충분하지 않겠습니까, 전하?"

"아무래도 다음 기회를 노려야겠습니다."

이 사람들이?

거 높으신 분들이 왜 이리 체통을 못 지키시는지.

그렇게 내가 마음속 불평을 드러내려는 찰나, 전하가 먼저 입을 여셨다.

"걱정할 것 없다. 이렇듯 무사하지 않더냐? 그리고 제아무리 많은 호위를 둔다 한들 무슨 소용이겠느냐? 은월단이 작정하고 죽이려 들면 바람 앞의 등불인 것을. 그보단 운이 따라 주길 바라는 것이 낫겠지."

틀린 말은 아니었다.

알파가 국왕 전하를 죽이겠다고 마음만 먹는다면 어쭙잖은 무사들로는 찰나의 순간도 버티지 못할 테니 말이다.

그래도 이건 아니지.

"전하의 말씀대로나, 잠시라도 목숨을 보전해야 뒤따를 운을 기대할 수 있지 않겠습니까? 그러니 충분한 호위를 데리고 다니셔야 합니다. 제가 믿을 만한 전속 호위를 찾아보도록 하겠습니다."

"잔소리하는 게 꼭 있지도 않은 중전 같구나. 그래, 중전의 뜻이 그러하다면야 내 따르도록 하지."

또다시 호방하게 웃어젖힌 전하가 일순 표정을 바꾸셨다.

잔잔하게 어려 있던 미소는 금세 사라지고 어느새 냉정한 군주의 위엄이 덧입혀져 있었다.

"인사는 이쯤 하고, 이제 보고를 들어 볼 차례구나. 운성에서 원하던 결과는 얻었느냐?"

"물론입니다."

입신경 초입에 들어섰고, 운성의 주인 또한 한영수로 바꾸었다.

원하던 것 이상의 결과를 얻었다고 볼 수 있겠지.

"자세한 건 안으로 들어가서 말씀드리겠습니다."

내용도 내용이지만, 국왕 전하와 길바닥 위에서 대화를 나눌 수는 없다.

"그래, 그래. 중전의 말은 잘 들어야지."

그렇게 신유민 전하가 등을 돌리는 순간 누군가가 내 어깨를 잡았다.

"동작 그만."

정이준이었다.

"설마 저희 버리고 혼자만 맛있는 거 드시러 갈 생각입니까?"

어떻게 알았지……가 아니라 안 그래도 고생한 이들에게는 제대로 챙겨 줄 생각이었다.

"그럴 리가 있나?"

나는 품에서 손바닥만 한 물건 하나를 꺼내 이준이 손 위에 올려 주었다.

"네가 잘 챙겨서 맛있는 거라도 먹고 와. 혼자 다 먹지 말고."

순간 이준이의 눈이 튀어나올 정도로 커졌다.

자신의 수중에 놓인 것이 금괴(金塊)였으니 말이다.

언제 불평을 쏟아 냈냐는 듯 이준이의 행동은 돌변했다.

"물론입니다! 그럼 다녀오십시오! 존경하는 대장님!"

그러면서도 시선은 손에 들린 금괴에 꽂혀 있다.

눈이 돌아간 놈한테 믿고 맡겨도 될지 모르겠다.

그래도 부하들 돈을 떼먹을 놈은 아니니까 걱정할 필요는 없겠지.

신이 난 채 진유화를 향해 달려가는 이준이를 뒤로하고 아린이에게 시선을 돌렸다.

"아린이는 나랑 같이 가자."

"응, 서하야."

그렇게 아린이와 함께 전하를 따라간 곳은 관청 안쪽의 응접실. 내부에는 진수성찬이 한가득 차려져 있었다.

"서하 네 성격에 밥도 제대로 안 먹고 다녔을 거 같아 신경 좀 썼다."

역시 신유민 전하.

운성에서 일을 마무리하자마자 올라온 탓에 제대로 된 밥을 구경한 지 꽤 되었다.

기껏해야 길가에서 주먹밥으로 때운 게 다였지.

아린이와 이준이는 맛있다며 만족해했지만 나는 그럴 수 없었다. 회귀 전부터 물리도록 먹었으니까.

반면 눈앞에는 신평이라는 말이 나올 정도로 다양한 종류의 음식들이 마련되어 있다.

간만에 제대로 된 식사였다.

"사양하지 않겠습니다."

무사는 항시 최상의 몸 상태를 유지해야 한다.

그래야 어느 때라도 전장에 투입될 수 있으니 말이다.

게다가 지금은 당장 전투가 벌어져도 이상할 게 없는 비상 사태.

언제든 전력을 쏟아 낼 수 있도록 준비를 갖춰 놓아야 한다.

그렇게 오랜만에 각종 진미로 입안이 즐거운 시간을 보낸 뒤.

식사가 끝날 때 즈음 가장 먼저 본론을 꺼낸 건 백성엽 대장군님이었다.

"찬성사가 부탁한 것은 대부분 진행되었네."

운성으로 향하기 전, 난 백성엽 대장군님과 광명대에게 전쟁 준비를 부탁했다.

은악에서 제련한 태양석 검을 이곳 신평으로 옮겨 와야 했으며 양천에서 군의관들과 약재를 보급하는 것.

그 외에도 왕국 각지에 은둔해 있을 재야 무사들의 고용과 적에 대한 정보 수집도 반드시 선행해야 했다.

이 중 대부분이 진행되었다니, 역시 백성엽 대장군에게 맡긴 것은 호수(好手)였다.

"생각보다 더 빠르게 준비되겠네요."

"하지만 한 가지 문제가 있네."

"무엇입니까?"

"은월단의 본거지를 아직도 찾아내지 못했네."

"그렇습니까?"

나는 고개를 끄덕였다.

어느 정도는 예상한 바였다.

현 시점에서 가장 시급히 처리해야 할 문제가 바로 은월단를 찾는 일.

그렇기에 살아남은 정보부원들을 이용해 적들의 본거지를 찾아 달라고 부탁했지만, 솔직히 큰 기대를 걸지는 않았다.

이놈의 북대우림은 더럽게 넓었으니까.

수많은 무사를 동원하고도 정복하지 못한 곳이 바로 북대우림이 아니던가?

이제 와 소수의 인원으로 이를 해내라는 건 너무 가혹한 요구일 것이다.

'그러면 은월단이 움직일 때까지 기다려야 하나?'

저들이 북대우림 안에 있음을 안다고 무작정 쳐들어갈 수는 없다. 대군을 이끌고 들어가 이리저리 헤매다가는 기습받기 딱 좋을 테니까.

속전속결로 본거지를 쳐들어가 전면전을 펼치지 않으면 먼저 움직이는 의미가 없다.

그렇다면 저들이 먼저 움직일 때까지 기다리는 방법도 있으나, 나는 금세 고개를 저었다.

'굳이 손해를 자처할 필요는 없다.'

어찌어찌 왕국이 승리한다 해도 신평은 무사하지 못할 것이다. 적어도 천일에 버금갈 수준의 피해를 입게 되겠지.

온전한 승리를 바라는 입장에서 절대 취해선 안 되는 선택이었다.

그런 내 생각을 읽었는지 백성엽 대장군이 의견을 냈다.

"신평에서 방위전을 펼치는 것이 부담스럽다면, 차라리 수도에 전초 기지를 세우는 것은 어떤가?"

나름 일리가 있는 제안이었다.

전초 기지를 세우고 싸운다면 적어도 민간의 피해는 최소화할 수 있을 테니 말이다.

하지만 이 또한 위험 부담이 컸다.

대놓고 '우리는 여기서 싸울 생각이니 천천히 준비해서 쳐들어와.'라고 알려 주는 형태.

문제는 은월단이 우리의 뜻대로 움직이지 않을 때였다.

만일 전초 기지를 무시하고 신평을 기습해 버리면 자충수를 둔 꼴이나 마찬가지였으니까.

"일단 정보부의 보고를 기다려 보도록 하죠."

상황은 급박하지만 그렇다고 조급함에 쫓겨 섣부른 판단을 내릴 수는 없다.

그때 문이 열리며 한 궁녀가 안으로 들어왔다.

대장군님과 국왕 전하는 그녀를 전혀 신경 쓰지 않았다.

원래라면 나 또한 그래야 정상이었다.

식사가 끝난 시기에 맞춰 궁녀가 후식을 가지고 오는 것 자체는 전혀 이상할 게 없었으니까.

문제는…….

"기운을 숨기고 있어."

아린이의 말대로 살짝 고개를 숙이는 궁녀에게서 무인의 것과 같은 기운이 느껴진다는 것이다.

'살기는 없다.'

그렇다면 궁녀로 위장한 호위 무사일까?

하지만 이 또한 말이 되지 않는다.

호위 무사를 안에 배치하면 될 것을 군이 궁녀로 위장할 이유는 없었으니 말이다.

그렇게 의심스런 눈빛으로 응접실에 들어선 궁녀를 바라보던 찰나.

-녀석이 이서하, 이서하 노래를 부르는 이유가 있었네.

뇌에서 울려 퍼지는 여자의 목소리.

전음(傳音)이었다.

그것도 대장군조차 눈치를 채지 못할 정도로 아주 수준 높은 것이었다.

내 미간에 주름이 잡히자 여자는 미소를 지으며 말을 이어 갔다.

-용건만 전한다. 우리 단주가 그쪽 국왕을 보고 싶어 해서 말이야. 축시에 신평 한밭 창고로 오도록.

우리 단주?

나는 재빨리 전음으로 되물었다.

-단주라면 누구를 말하는 거지?

여자는 의미심장하게 미소를 지으며 말했다.

-암부다.

암부의 단주.

그녀가 신평으로 들어온 것이었다.

◆ ◈ ◆

암부가 국왕 전하를 밀담에 초대했다.

'암부는 은월단과 함께하는 줄 알았는데.'

암부는 신태민을 국왕으로 옹립하려던 단체다.

은월단, 신태민, 그리고 암부가 한배를 타고 있었다는 말이다.

당연히 협력 관계는 지속되고 있을 것이라고 생각했다.

'그런데 우릴 찾아왔다?'

뭔가 석연치 않았지만, 이해가 되지 않는 건 아니었다.

두 무리의 가교 역할을 수행하던 신태민이 사라진 상태.

암부와 은월단이 손을 잡을 이유가 없어진 것이나 마찬가지였다. 아니, 오히려 나찰 대 인간이라는 구도가 잡힌 이상 저들은 서로가 적이 되었다고 보는 게 맞았다.

물론 이마저도 확실치는 않다.

함정을 파놓고 기다리고 있을지도 몰랐으니까.

하지만 내 선택에 변함은 없었다.

"밀담에 응해야 한다고 생각합니다."

"내 생각도 그렇다."

신태민 전하 또한 같은 생각이었다.

지금까지 신태민이라는 연결점을 토대로 은월단과 함께 일해 온 암부다.

그들이 어떤 정보를 가지고 있을지 분분명한 상황.

정보의 중요성을 뼈저리게 느끼는 우리로서는 받아들이지 않을 이유가 없었다.

그렇게 축시(丑時). 나는 신유민 전하만을 데리고 몰래 한밭이라 불리는 곳으로 향했다.

한밭은 신평의 성벽을 넘어 한참은 가야 하는 곳이었다.

넓은 밭은 이미 추수가 끝나 황량했다.

그 중앙에 휑하니 자리 잡고 있는 창고.

나는 그곳으로 천천히 다가가 조심히 문을 열었다.

이내 창고 내부가 펼쳐짐과 동시에 세 사람의 인영이 시야에 담겼다.

"오셨습니까, 전하?"

중앙에 앉아 곰방대를 입에 물고 있던 여자가 자리에서 일어났다.

"암부의 단주. 예담이라고 합니다."

예담.

이 왕국의 어둠을 지배하는 여자였다.

그녀의 옆에는 익숙한 얼굴들도 함께였다.

예담은 친절하게 두 사람을 소개시켜 주었다.

"이쪽은 지영학 무사님. 그리고 이쪽은 우리 암부 최고의 암살자. 설련화입니다."

암부 최고의 암살자라.

아무래도 금수란의 후임인 것만 같다.

"그렇군. 나와 이서하 찬성사의 소개는 필요 없겠지?"

"물론이죠. 이 왕국에 두 분을 모르는 사람이 있겠습니까?"

"그렇다면 이야기가 빠르겠군."

신유민 전하는 적당한 상자 위에 자리를 잡고 앉았다.

"직접 찾아오지 않고 이곳으로 부른 이유는 무엇인가?"

"죄송합니다. 은밀하게 움직여야 하는 상황이라."

"사정이 있었다라……."

미소 짓는 예담을 보며 신유민 전하가 물음을 이어 갔다.

"그럼 이리 마주했으니, 용건을 들어 볼까?"

"핵심만 간략하게 말해 드리겠습니다."

예담은 곰방대를 한 번 쭉 빨았다 연기를 내뿜었다.

"이대로라면 전하께서는 승리할 수 없을 것입니다."

"……."

솔직하게 말하자면 그리 충격적인 발언은 아니었다.

희망이 없다고는 할 수 없지만 굳이 말하자면 나찰 측의 전력이 더 강한 것은 사실이었으니 말이다.

하지만 저렇게 확신하는 근거는 듣고 싶어졌다.

"뭔가를 알고 계십니까?"

예담은 어깨를 으쓱이며 대꾸했다.

"잘 알지. 그쪽보다는. 우린 은월단과 동맹을 맺었으니까."

"……그게 무슨 말인가?"

신유민 전하가 노려보자 예담이 손을 내저었다.

"어머, 무서워라. 그리 노려보지 마시지요. 아무리 시궁창 같은 인생이라고 한들 저희가 인간을 버리고 나찰 편을 들겠습니까? 같은 편인 척 정보를 캐내고 있었다는 뜻입니다."

"……!"

예담의 말에 나는 놀랄 수밖에 없었다.

암부가 세작의 역할을 도맡겠다고 제안하는 것이나 마찬가지였으니 말이다.

만약 예담의 말이 사실이라면 은월단의 본거지라든가, 전체적인 전력, 그리고 작전까지 전부 알아낼 수 있을 것이다.

문제는…….

"사실입니까?"

이를 곧이곧대로 믿을 수 없다는 것.

제안을 넙죽 받아들이기엔 암부의 목적이 무엇인지 알지 못하기 때문이었다.

"그 말을 신뢰할 근거는?"

"우리 설련화가 국왕 전하의 목을 취하지 않은 것. 이 정도면 충분하지 않겠습니까?"

예담이 빙긋 웃어 보였다.

죽일 수 있는 기회는 많았으나 내버려 두었다.

암부가 왕국과 척을 지지 않았다는 것을 증명하기엔 차고 넘쳤다.

"그럼 대화를 계속 이어 가 볼까요? 왕국에서도 많은 준비를 하셨겠지만, 저쪽도 놀고만 있던 것은 아닙니다. 수도가 함락되고 선왕 전하와 무신님이 타계하신 이후, 제국에서 이름 좀 날리던 나찰들이 북대우림을 통해 모두 이 왕국으로 넘어오고 있습니다."

회귀 전 겪었던 전개가 아니었다.

나찰의 대통합이 시작되었다는 말이었으니까.

앞으로 왕국이 상대해야 할 이들이 은월단이 아닌 나찰 전체라는 뜻이기도 했다.

"그 수가 족히 천은 넘을 것이니 아무리 잘 준비한다 한들 이길 수 있겠습니까?"

전투에 특화된 나찰 천 명.

이는 절망적인 숫자였다.

내 생각보다도 상황은 더욱 심각해져만 가고 있었다.

그 순간.

예담이 나를 바라보며 빙긋 웃었다.

"하지만 이서하 찬성사님이라면 방법을 찾아내겠죠."

"……네?"

"언제나 그랬듯이 말입니다."

뭐지, 이 반응은?

뭔가 분위기가 묘하게 돌아가고 있다.

"설련화가 계속해서 왕래하며 정보를 가져올 것입니다. 저희가 할 수 있는 것이라고는 이것뿐이군요."

예담은 나에게 한 걸음 다가오며 말했다.

"부디 이번에도 기적을 보여 주시길 바랍니다."

"……."

"그럼 저희는 이만."

예담은 공손하게 인사를 한 뒤 밖으로 나갔다.

대체 뭘까?

내 무엇을 보고 저런 말을 하는 것일까?

그렇게 멍하니 예담을 바라보고 있을 때.

신유민 전하가 내 어깨에 손을 얹으며 자상한 미소를 보냈다.

"나 역시 믿고 있다. 이서하 찬성사."

"……."

과분한 기대를 받아 버린 것만 같다.

하지만 어쩌겠는가?

"믿음에 보답하겠습니다."

여기까지 와 버린 이상 내가 해내야만 한다.

회담이 끝나고 전하와 나는 신평으로 발걸음을 옮겼다.

올 때와 다른 점이 있다면, 일행이 한 명 더 늘어났다는 점이었다.

신유민 전하의 요청으로 암부의 설련화가 잠시나마 동행하게 된 것. 회의를 거친 후 어떤 정보를 최우선으로 얻어야 하는지를 전달하기 위함이었다.

그렇게 어둠 속을 스쳐 가는 길.

나는 침묵이 감도는 곳에서 스스로를 돌아보았다.

'과연 미래의 정보가 없는 나는 어느 정도의 인간일까?'

예담이 말한 것처럼 방법을 찾아낼 수 있을까?

저들의 기대에 부응하는 게 정말로 가능한 것일까?

그 물음에 쉽사리 답을 내리지 못할 때였다.

"머리가 복잡한 거 같구나."

고요한 침묵을 깨고 나긋한 음성이 귓가에 스며들었다.

"서하야, 혼자 골머리 앓을 필요 없다."

목소리의 주인은 신유민 전하.

그는 푸근한 미소로 번뇌 가득했던 심중에 온기를 가져다 주었다.

"누구도 너 혼자 해결하라고 밀어붙이지 않는다. 그러니 함께 고민하자꾸나. 그러다 보면 좋은 방법을 찾아낼 수 있지 않겠느냐."

한낱 서생이라며 괄시받던 이.

그러나 지금은 수심의 늪에 빠져들던 나에게 동아줄이나 다름없는 사람. 그리고 누구보다 나를 이해해 주며 힘이 되어 주는 존재이기도 했다.

"네, 그렇겠죠."

덕분에 혼탁했던 머릿속을 깨끗이 비우며 미소를 지을 수 있었다.

그래, 혼자서 고민할 필요는 없다.

긍정적으로 생각하자.

회귀 전, 그토록 암울했던 순간에도 버텨 내지 않았던가?

반면 초입이나마 입신경의 경지에 올라선 최고수가 지금의 나다.

아린이와 더불어 믿고 등을 맡길 광명대가 있고, 신유민 전하를 필두로 왕국의 무사들도 건재하다.

회귀 전과 비교하면 희망적인 상황인 것은 부정할 수 없는 사실이었다.

'그래, 조급해하지 말자. 분명 길은 있다.'

이전과 달라진 만큼, 다른 미래를 그려 갈 길도 반드시 존재할 것이다.

그렇게 다시 한번 마음을 다잡으며 관청에 도착한 나는 신유민 전화와 곧장 회의실로 향해 백성엽 대장군님과 정보를 공유했다.

암부가 우리 편에 섰다는 좋은 소식부터 적의 전력이 생각보다 강할 것이라는 부정적인 정보까지.

모든 이야기를 가만히 듣고 있던 백성엽 대장군님이 이윽고 고개를 끄덕이며 입을 열었다.

"전하, 소신이 한 말씀 올려도 되겠습니까?"

"그러시지요."

"암부의 예측이 맞을 것입니다. 나찰들이 전부 힘을 모은다면 우리는 이길 수 없습니다."

"대장군님?"

뜻밖의 발언이었다.

누구보다 냉철하게 왕국의 희망을 바라 왔던 게 대장군.

그가 어두운 얼굴로 절망에 가까운 내용을 쏟아 내고 있다.

더 이상 희망은 없다는 듯이 말이다.

잠시 자리를 비운 사이 무슨 일이라도 벌어진 걸까?

"어찌 그리 확신하십니까?"

연유를 묻자 대장군은 작게 한숨을 내쉬었다.

"제국의 상황을 보면 알 수 있네."

그러면서 서신 한 장을 전하에게 건넸다.

"제국에 심어 놓은 정보부원이 소식을 전해 왔습니다. 황자의 편에 섰던 제후들 중 일곱이 나찰의 손에 죽었다고 합니다."

"황자님의 편에 선 제후들이 말입니까?"

이건 또 무슨 말일까?

갑자기 제국의 제후들이 나찰의 손에 죽다니.

도무지 이해할 수가 없는 일이었다.

"암살을 당한 것입니까?"

"아니, 요령으로 이동하던 중 전투가 있었다 하네."

"그렇다면……."

대장군의 발언이 사실이라면, 이건 결코 간과할 수 없는 문제였다.

절대 바라지 않았던 상황을 마주하게 되었다는 뜻이나 마찬가지였으니 말이다.

그러나 백성엽 대장군은 피할 수 없는 현실임을 다시금 일깨워 주었다.

"제국의 제후들은 패배했네. 그들의 군대조차 나찰의 상대가 되지 않았다는 것이지. 절반이 살아남아 요령에 합류했다고는 하지만, 이마저도 다행으로 여길 수 없네. 그 이유는 자네도 알고 있겠지?"

"……네."

대장군의 입을 빌릴 필요도 없었다.

그의 얼굴이 어두운 이유는 충분히 짐작할 수 있었으니 말이다.

'왕국이 이를 막아 낼 수 있을까?'

백성엽은 이를 걱정하고 있는 것이다.

왕국보다 강력한 전력으로 이뤄진 것이 바로 제국 제후들의 군대이다.

그런 이들이 속절없이 당했다는 것.

그러한 사태를 만든 당사자들이 왕국으로 향하고 있다는 것.

왕국에 암운을 드리우기에 충분한 소식이었다.

'회귀 전 주 전쟁터는 제국이었는데.'

위대한 일곱 혈족의 등장을 시작으로 제국의 대규모 나찰들까지.

그렇지 않아도 승리를 장담하기 어려웠는데, 왕국의 앞날에 짙은 암운이 껴 버렸다.

신태민이 집권하면서 내부부터 무너져 내렸던 때와는 판이하게 다른 상황이 펼쳐졌으니까.

자칫하면 힘겹게 세워 왔던 탑이 한순간에 붕괴될지도 모를 일이었다.

'그나마 다행인 건 위대한 일곱 혈족 중 셋을 제거했다는 것인데……'

적들의 전력을 낮춰 놓았다는 것은 충분히 고무적이었다.

물론 그렇다고 반전을 노릴 수준은 아니었지만 말이다.

"하다못해 하나라도 더 줄일 수 있다면······."

그렇게 중얼거릴 때였다.

"하나를 더 줄인다니, 그게 무슨 말이냐?"

신유민 전하가 내 중얼거림을 듣고 물었다

"이렇게 된 거 남은 시간에 위대한 일곱 혈족의 수를 최대한 줄일 수 없을까 생각해 보았습니다. 전쟁의 승패를 가르는 건 결국 그들이 될 테니까요."

현 시대의 전쟁에선 수보다 질이 중요하다.

고작 천여 명의 나찰이 합류한 것만으로 상황이 불리해졌다 여긴 것도 그 때문이다.

하나의 나찰이 백의선인이 포함된 부대를 전멸시킬 수 있었으니 말이다.

즉 산술적으로 일천의 나찰을 상대하기 위해서는 못해도 선인 이상의 고수 일만이 필요하다는 말이었다.

그게 아니라면 아군 최고수가 완벽한 상태로 적과 싸울 수 있는 시간을 버는 용도에 지나지 않을 것이다.

이를 다르게 해석하자면······.

"아직 모든 게 끝난 것이 아니라는 말이기도 합니다."

입신경에 오른 나나 그에 준하는 아린이.

그리고 얼마나 강해졌는지는 모르나 분명 전에 비할 수 없이 강자가 되어 돌아올 상혁이.

회귀 전 기억을 떠올리면, 우리를 막을 수 있는 존재는 그리 많지 않다는 뜻이었다.

"전면전이 시작되기 전에 네 명의 위대한 일곱 혈족 중 하나라도 제거할 수 있다면, 승산을 올릴 수 있으리라 생각합니다."

"좋은 생각이네."

백성엽 대장군도 고개를 끄덕이며 동의를 표했다.

"그것이 최선이라면, 무슨 수라도 써서라도 이뤄야겠지."

"바로 작전을 짜죠."

네 명 중 누굴 노리는 게 좋을까?

알파는…….

'불가.'

나는 금세 머릿속에 알파의 이름을 지웠다.

제아무리 입신경에 들어갔다고 한들 알파는 그 이상의 경지일 터.

할아버지조차 막아 내지 못한 적을 내가 이길 수 있다고 확신할 수 없다.

'로와 베타도 쉽지 않다.'

직접 붙어 봤기에 로의 실력은 누구보다 잘 알고 있었다.

약선님과의 싸움을 지근거리에서 지켜보기도 했고.

아마도 현재의 나와 동급이거나 살짝 미치지 못하는 수준일 것이다.

하지만 섣불리 상대로 정할 수 없다.

어찌어찌 이긴다 해도 나 또한 피해를 면하지 못할 테니까.

베타도 대상에서 배제했다.

수도 전투에서 다수를 잃었으나 그 외에 또 다른 마물이 존재할지 알 수 없었으니 말이다.

'그렇다면 남는 것은……'

한 명씩 차근차근 지워 나가니 결국엔 하나의 선택지만이 남아 있었다.

"람다를 제거하죠."

위대한 일곱 혈족 중 가장 처리하기 수월한 존재.

단연코 람다가 첫 손에 꼽힐 수밖에 없었다.

"나 역시 옳은 선택이라고 생각하네."

백성엽 대장군도 뜻을 보탰다.

"그녀의 요술은 아군을 강화하는 것 같더군."

"그렇습니다. 인간을 추종자로 만들 수도 있고, 같은 나찰을 강화할 수도 있는 것으로 보였습니다."

이 또한 람다를 제거해야 하는 이유 중 하나였다.

그녀는 다수의 전투에 영향을 줄 수 있기에, 샨다와 더불어 최우선적으로 척결해야 할 존재였으니 말이다.

"강한 요술에 비해 본신의 무력은 그리 강하지 않을 겁니다."

좋은 요술을 가진 나찰일수록 개인의 무력은 떨어지는 경우가 많다.

엡실론의 경우만 봐도 그러하지 않았던가.

지금껏 람다가 전선에 나선 적이 없는 것도 같은 맥락일 테니, 충분히 걸어 볼 만한 도박이었다.

"제국의 나찰들이 넘어오기 전에 람다를 죽이고 가능하다면 베타까지 제거하겠습니다."

"암부에게 두 나찰의 위치를 특정 지어 달라 부탁해야겠군."

계획이 성공적으로 끝난다면 전세를 역전시키는 것이 무리는 아닐 것이다.

그렇게 나와 백성엽 대장군이 의견을 합치하려는 때였다.

"잠깐."

신유민 전하가 대화에 끼어들며 반론을 꺼내 들었다.

"굳이 죽여야 하는가?"

순간 신유민 전하의 말을 이해하지 못하고 고개를 갸웃거릴 수밖에 없었다.

"네? 그게 무슨 말씀이십니까?"

죽이지 않고 살려야 하는 이유가 뭘까?

이 와중에 생명의 소중함 같은 걸 운운하시는 건 아닐 터.

분명 밝히지 않은 이유가 있을 것이다.

그렇게 답을 구하는 눈빛으로 바라보자, 뭔가를 심각하게 고민하던 신유민 전하가 대장군에게 시선을 옮겼다.

"대장군님은 어떻게 생각하십니까? 수도 전투 때 람다의 행동 말입니다."

"무슨 일이 있었던 것입니까?"

갑자기 수도 전투를 거론하시는 이유는 뭘까?

나 또한 백성엽 대장군의 대답을 기다릴 수밖에 없었다.

"……확실히 이상하긴 했습니다."

과거를 회상하던 대장군이 미간을 좁히며 의문을 드러냈다.

"나와 전하가 비밀 통로를 이용해 수도를 빠져나간 것을 기억하나? 그때 람다와 엡실론이 탈출구 인근에 매복해 있다 공격해 왔었네."

"신유철 전하께 들었습니다."

"어디까지 들었나?"

"나찰의 기습에 빠지신 전하를 상왕 전하께서 구하셨다는 것까지입니다."

"그럼 자세히는 못 들은 모양이구나."

자세히? 내가 모르는 무언가가 또 있는 건가?

그런 의문을 담아 신유민 전하를 바라보자, 굳게 닫혀 있던 입술이 천천히 열렸다.

"엡실론을 죽인 건 람다였다."

"……네?"

나는 멍하니 눈앞의 두 사람을 번갈아 바라보았다.

같은 나찰끼리, 그것도 위대한 일곱 혈족끼리 죽였다고?

"그게 정말입니까?"

"네가 너에게 거짓을 말할 이유는 없겠지."

"하지만……."

아무리 신유민 전하의 말이었지만 쉽게 믿을 수가 없었다.

두 귀로 직접 들었음에도 받아들이기 어려운 내용이었으니 말이다.

그런 내 반응을 살피던 신유민 전하는 헛기침을 하며 화제를 전환했다.

"그래서 말인데."

그리고는 무거운 눈동자로 나와 백성엽 대장군을 바라봤다.

"람다를 우리 편으로 끌어들일 방법이 있지 않을까 싶네만."

람다가 엡실론을 죽였다.

위대한 일곱 혈족 내부에 분열이 일어났다는 소리였다.

그 빈틈을 비집고 들어가자는 것이 전하의 의중.

가능한 계획일 수 있으나, 나는 단호히 고개를 저었다.

"그건 힘들 거 같습니다."

"저 또한 같은 생각입니다. 전하."

대장군 역시 나의 말에 동의했다.

신유민 전하의 뜻을 모르는 것은 아니다.

람다가 위대한 일곱 혈족에게 큰 원한이 있다면 그녀를 인간 편으로 끌어들이는 것도 가능할 수 있겠지.

하지만 반드시 명심해야 할 명제가 존재했다.

제아무리 위대한 일곱 혈족을 증오한들 람다는 나찰이라는 것.

인간을 증오하는 마음이 더 컸으면 컸지 결코 작지 않을 것이라는 점이다.

"나찰은 결코 자존심을 버리며 인간의 편을 들지 않을 겁니다."

백야차 또한 나의 제안을 거절하고 떠나지 않았던가.

나찰이란 그런 존재였다.

절대로 인간과 같은 하늘을 지고 살아가지 않을 존재 말이다.

"그런가……."

신유민 전하도 예상하고 있었던 결과였던지 두 눈을 지그시 감았다.

그러나 그가 다시금 눈을 떴을 때.

"그래도 시도는 해 봤으면 좋겠는데."

왕국의 존엄은 역시나 범인과는 다른 차원의 뜻을 품고 있었다.

"이번 전쟁이 끝나면 나찰과 인간은 공존해야 하지 않겠느냐? 위대한이라는 칭호가 붙은 자가 공존을 택해 준다면 훗날 일이 매우 수월하겠지."

자신의 할아버지이자 선대 국왕을.

왕국의 수호신을 무로 돌려보낸 존재조차 품에 안겠다는 포부.

처음 만났을 때와 한 치도 변하지 않은 것이다.

"물어보는 것 정도라면……."

더 이상 전하의 뜻에 반대를 표할 수 없었다.

모시는 국왕이 뜻을 피력했다면, 이를 이행하는 것이 신하의 도리.

설득은 불가능하더라도 제안 정도라면 무리 없이 진행할
수 있을 것이다.

그때였다.

"어머, 우리 전하 너무 착하시다."

가만히 듣고 있던 설련화가 예뻐 죽겠다는 듯 웃으며 신유
민 전하의 목을 껴안았다.

"……와."

저게 미쳤나?

일국의 왕을 갑자기 뒤에서 안아? 그것도 암부의 암살자가?

아니나 다를까, 백성엽 대장군님의 표정이 악귀처럼 일그
러졌다.

"이년이……!"

대장군님이 자리를 박차고 일어나려는 순간 신유민 전하
가 손을 들어 만류했다.

"놔두시지요. 중요한 일을 해야 하는 분입니다."

"그래, 같은 편끼리 너무 살벌하게 굴지 마시죠."

"네년이 미쳤구나! 감히 전하에게……!"

"그쪽에게나 전하지 나한테는 그냥 멋진 오빠인걸요? 안
그래요? 오.빠."

스스로를 이 나라의 백성이 아니라고 생각하는 게 암부의
족속들.

그러니 앞선 반응은 충분히 그럴 수 있다 여길 발언이었다.

굳이 문제를 삼자면······.

"오빠 아닌 거 같은데."

"닥치시죠."

내 말에 정색하며 노려보는 설련화였다.

누구보다 찔린 얼굴이다.

전하가 오빠는 아닌 게 확실하다.

"그럼 람다의 위치를 알아 오는 게 최우선 사항이라는 걸로 이해하면 되겠죠?"

신유민 전하는 고개를 끄덕였다.

"맞습니다. 부탁하죠."

"걱정 마세요. 대신 포상은 있어야 할 겁니다."

"포상이라면······."

"비. 밀."

설련화는 빙긋 웃고는 어둠 속으로 사라졌다.

"······."

그렇게 잠시 시간이 흐른 뒤 신유민 전하가 한숨을 내쉬며 침묵을 깼다.

"안 그래도 심란한데 정신도 없구나."

회의 전까지만 해도 멀쩡했는데 어느새 눈거미가 진 신유민 전하였다.

Chapter 137.

Chapter 137.

요령의 최남단이자 제국령에 속한 만백산 중턱.

만년설이 아름답다던 명성과 전혀 다른 광경이 펼쳐지고 있었다.

산 중턱에 자리 잡은 요새 위로 불을 내뿜는 거대한 새가 날아다니고 있었던 것이다.

칠색조(七色鳥)라 불리는 전설의 마물이었다.

"어이, 땡중! 땡중 어디 갔어!"

설산비호는 그 아래를 바쁘게 달렸다.

이서하가 맡기고 간 황자가 난리 통에 사라졌기 때문이었다.

그렇게 한참을 쏘다니던 설산비호는 애타게 부르짖던 존

재를 발견하고는 짜증스럽게 외쳤다.

"야! 땡중! 지금 뭐 하는 짓이야!"

이 와중에도 부상자들을 챙기는 사람.

한때 심명사의 방장이었던 황자, 신정 스님은 못마땅하다는 시선을 마주하며 강경하게 저항했다.

"이대로 갈 수는 없습니다. 저를 따라온 백성들은 지켜야 하지 않겠습니까?"

"지키긴 뭘 지켜! 힘도 없는 게."

설산비호는 신정의 어깨를 잡아당기며 강하게 꾸짖었다.

"네가 이런다고 이 사람들 구할 수 있을 거 같지? 착각하지 마. 같이 뒈지지나 않으면 다행이니까."

신정은 아무런 대꾸도 못 한 채 고개를 숙일 수밖에 없었다.

자신에게 힘이 없는 건 사실이었으니 말이다.

그렇게 반대를 일축시킨 설산비호는 단호히 말을 이어 갔다.

"잘 들어. 지금 당장 요령으로 갈 거야. 거기까지가 내 역할이다. 너는 그곳에 모인 제후들이랑 계명으로 가. 알았나?"

"하지만 그러면 여기 있는 사람들은……."

"네가 죽으면 우리 형님이 나도 죽여!"

아직 무신의 사망 소식을 듣지 못한 설산비호였다.

"그러니까 더 이상 토 달지 마. 아니면 내 손으로 다 죽여 버리고 끌고 갈 테니까."

설산비호는 호랑이의 모습이 되어 신정 스님을 등 위에 태웠다.

"꽉 잡아."

그리고는 말 그대로 비호처럼 달려 나갔다.

그런 와중에도 칠색조를 올려 보며 씁쓸히 중얼거렸다.

"망할 놈. 그렇게 잘난 척하더니 나찰한테 조종이나 당하고."

서로의 영역을 떠나는 일이 극히 드문 마물이라도 수백 년
을 살아오다 보면 어느 정도 교류가 있을 수밖에 없었다.

그렇게 알게 된 존재가 바로 칠색조였다.

오만하고 고고하며, 그 어떤 마물보다 강했다.

그런 칠색조가 일개 나찰의 하수인이 되었다는 것은 눈으
로 보면서도 믿기 힘들었다.

"도대체 어떤 나찰이기에……."

같은 마물로서도 버겁게 느껴질 존재를 수하로 삼았을까?

그런 의문을 토해 내려는 찰나.

"궁금해?"

문득 들려온 음성에 설산비호가 급히 발을 멈췄다.

이내 모습을 드러낸 존재를 확인한 직후.

설산비호의 콧잔등에 수없이 많은 주름이 생겨났다.

'저 얼굴은…….'

이서하의 옆에 있던 여자와 똑 닮은 얼굴.

그러나 이마에 선명하게 자라나 있는 뿔은 그녀가 나찰임
을 증명해 주었다.

베타.

마물의 주인이었다.

"네가 만백산의 주인이구나?"

베타는 미소를 지으며 손을 내밀었다.

"내 것이 되어라."

하지만 설산비호는 콧방귀를 뀌었다.

"미친년."

이윽고 설산비호의 주변으로 얼음 송곳이 나타나기 시작했다.

"감히 겁도 없이 설산비호의 앞을 막아서느냐!"

송곳이 베타에게 날아가는 순간.

베타 역시 콧방귀로 응수했다.

"현무(玄武)."

그 순간 땅 아래에서 거대한 거북이가 솟구쳤다.

목과 꼬리가 뱀의 현상을 띈 거북이는 얼음 송곳을 막으며 순식간에 설산비호의 목을 물었다.

"……!"

설산비호는 휘청이며 이를 악물었다.

'현무까지 지배당하고 있었나?'

반야 최상위 등급의 마물 둘이 나찰의 휘하에 들어간 것이다.

'망할!'

설산비호의 표정에 낭패감이 깃들었다.

어쩌면 이곳이 무덤이 될지도 모르겠구나.

그런 생각에 희망이 꺾이려는 찰나.

"……!"

설산비호의 눈동자가 급격히 확장됐다.

저 멀리서 인간들이 헐레벌떡 달려오는 모습을 발견한 것이다.

요새가 불타는 것을 보고 달려오는 제후들이었다.

설산비호는 빠르게 판단을 내렸다.

'될 대로 돼라.'

그는 있는 힘껏 등을 튕겨 신정을 제후들을 향해 날렸다.

"비호님!"

"가라! 뒤도 돌아보지 마!"

허공을 날아가는 신정을 뒤로하고, 설산비호는 인간의 형태로 몸을 바꾸며 현무의 공격에서 벗어났다.

황자가 도망갈 시간을 번다.

맡은 임무조차 제대로 해내지 못하면 설산비호의 이름이 울 일이었다.

"후우."

거대한 현무를 마주하고 선 설산비호는 작게 심호흡을 한 뒤 으르렁거렸다.

"이 머저리 같은 놈들."

이윽고 그의 몸에서 은빛 기운이 솟구치기 시작했다.

"이 위대한 만백산의 주인님이 너희들을 제정신으로 되돌려 주마."

현무와 백호의 싸움이었다.

◆ ◈ ◆

"대단하네."

만백산.

왕국에서 그리 멀지 않아 동행한 람다는 쓰러진 설산비호를 내려다보며 말했다.

"이걸로 이 녀석도 우리 편이 된 건가?"

"맞아. 이제 곧 될 거야."

설산비호의 머리에 손을 올린 베타는 자랑스럽게 말했다.

"역시 우리 언니네. 대단해."

람다는 씁쓸하게 웃으며 말했다.

"그렇게 대단하면 예전에도 좀 도와주지 그랬어."

"뭐? 집중하고 있어서 못 들었는데, 뭐라고 했어?"

"아무것도 아니야."

람다는 쓰러진 설산비호의 앞으로 걸어가 그를 내려다보며 나지막이 되뇌었다.

"아무것도."

◆ ◈ ◆

"저 고양이가 마지막이야?"

람다는 뒤따르는 남자들을 바라보았다.

의인화한 각양각색의 마수들.

그중에는 백발의 설산비호도 함께였다.

"일단은? 시간이 없어서 가장 강한 애들로만 꾸렸으니까."

"그런데 황자는 왜 놔둔 거야? 후환이 될지도 모르니 죽여
버리는 게 나았을 텐데."

"도망치라고 해. 어차피 이름뿐인 황제 따위. 지가 살아남
아 봐야 어쩔 거야?"

"하긴, 언니 말이 맞지!"

람다는 깔깔거리며 비위를 맞췄다.

그러나 베타의 시선이 떠났을 때는 금세 표정이 돌변했다.

'오만하기는.'

개 버릇은 남 못 준다더니, 베타는 수백 년이 지나도록 그
대로였다.

과거 그때처럼 여전히 도도했으며, 우월주의에서 빠져나
오지 못하고 있었다.

'……그건 나도 마찬가지인가?'

베타를 향했던 조소는 자조적인 웃음으로 변모했다.

스스로를 돌아보면 크게 다를 바 없었으니 말이다.

그렇게 때 아닌 반성에 빠져들려는 찰나.

"이제 어쩔래?"

베타가 문득 물음을 던져 왔다.

"난 이만 북대우림으로 돌아가 쉴 건데."

"언니 먼저 가. 나는 가 볼 데가 있어서."

람다는 배시시 웃으며 말했다.

"내 애기들이 기다리거든."

"애기들이라."

베타는 람다의 어깨를 토닥였다.

그러나 부드러운 손길과 달리, 그녀의 입가는 대놓고 비웃음을 머금고 있었다.

"가족 놀이는 그만하지? 언제까지 그럴 거야?"

"취향이야. 존중해 주시죠?"

"그래, 그럼. 합류 시간에만 안 늦으면 상관없겠지."

"언니도 조심히 가!"

람다는 베타를 향해 손을 흔들고는 몸을 돌렸다.

그런 그녀가 향한 곳은 만백산에 자리 잡은 어느 산골 마을이었다.

원래는 왕국의 영토였으나, 수도 전투 이후 군대가 철수하며 해방된 나찰들의 터전으로 변모한 곳이었다.

동시에 원래 마을에 거주하던 인간들은 람다의 추종자가 되었고 말이다.

어쩌면 람다의 작은 왕국이라 할 수 있었다.

그 덕분일까?

람다가 입구에 들어서자 한 남자가 달려 나오며 그녀를 맞이했다.

"람다 님! 이제 오셨습니까?"

어린 나찰이었다.

람다는 자애로운 얼굴로 나찰의 머리를 쓰다듬었다.

"그래, 별일 없었고?"

"큰일은 없었지만, 손님들이 찾아왔습니다."

"손님? 누군데?"

"네 분의 나찰이 찾아왔습니다."

"네 명?"

알파는 제국에 있고, 베타와는 방금 헤어졌으니 남은 것이라고는 로뿐이었다.

그런데 네 명이나 찾아왔다니.

샨다를 비롯한 은월단의 다른 나찰들을 대동하고 온 것일까?

그러나 뒤이어진 어린 나찰의 음성에 찰나의 의문 또한 꼬리를 감췄다.

"저는 처음 보는 분들이었습니다."

"그렇단 말이지……."

자신을 찾아올 나찰이 누가 있을까?

잠시 고민하던 람다였으나 이내 고개를 끄덕였다.

방문자들의 정체를 파악한 것이다.

"누군지는 알겠네."

마을 안에서 아주 익숙한 기운이 흘러나오고 있었다.

익숙한 이유는 다른 이유가 없었다.

다름 아닌 자신의 것이었으니까.

기운이란 마치 목소리처럼 모두 다르고, 힘을 나눠 준 이들의 위치는 쉽게 알아낼 수 있었다.

그리고 기존 마을에 거주하던 인간들을 하수인으로 삼았기에 평소엔 크게 신경 쓰지 않았다.

하지만 지금은 상황이 달랐다.

마을 중앙에 위치한 자신의 집에서 느껴지는 기운.

그리고 어린 나찰이 본 적 없다는 방문자들.

누가 자신을 찾아왔는지 특정하는 것은 그리 어려운 일이 아니었다.

람다는 즉시 걸음을 옮겼다.

잠시 후 자신의 집 문을 열어젖히자 네 명의 나찰들을 확인할 수 있었다.

그들의 정중앙에 앉아 있는 건 뿔 한쪽이 잘려 나간 거구의 남자.

"이게 누구야?"

람다는 그를 반갑게 맞이했다.

"백야차가 여기까지 어쩐 일이야?"

수도 전투가 시작되기 전 사라졌던 이.

선생은 바쁜 일이 있어 자리를 비웠다고만 말할 뿐, 자세한 내용에 대해선 일절 설명해 주지 않았다.

굳이 찾을 필요는 없다고까지 말하기도 했고.

람다 또한 크게 신경 쓰지 않았다.

위치를 알아내는 거야 마음만 먹으면 간단하게 해결할 수 있는 일이었으니 말이다.

사라졌던 이유를 추측하는 것도 그리 어렵지 않았고.

"바쁘다고 하더니."

그리고는 백야차의 옆에 앉은 여자에게로 시선을 돌렸다.

"이 여자 때문이었나 봐?"

"그렇습니다."

"누군데? 애인? 아니면 헤어진 여동생이라도 되나?"

"맞습니다."

"……응?"

람다는 당황한 듯 큰 눈을 깜빡였다.

"어렸을 적 헤어진 제 여동생입니다."

"안녕하십니까? 이스미라고 합니다."

"아, 그래? 반갑다."

람다는 얼떨떨하게 이스미의 인사를 받고는 애써 환하게 웃었다.

"축하해. 어떻게 혈족을 찾았네?"

현 시대를 사는 나찰 중 혈족이 남아 있는 수는 극히 드물었다.

몇몇 있다고 해도 대부분은 인간의 가축 신세를 전전하는 처지.

그렇기에 자유의 몸으로 혈족과 함께 살아가는 것. 그것은 응당 축하받아 마땅한 일이었다.

물론 지금의 상황이 아니었다면 말이다.

"그래서? 혈족을 찾았다고 자랑하러 온 건 아닐 테고. 나를 찾은 진짜 이유는 뭐야?"

"저에게 주신 힘을 다시 가져가 달라 부탁하러 왔습니다."

예상치 못한 요청에 람다가 고개를 갸웃했다.

"왜? 힘이 있으면 좋잖아."

"하지만 람다 님이 제 위치를 알 수 있으시죠."

백야차의 말에 람다의 표정이 굳어졌다.

자신의 위치를 알리고 싶지 않다는 뜻인즉슨.

"전쟁 직전에 떠나시겠다?"

"네, 그렇습니다."

람다로선 백야차의 의중을 이해할 수 없었다.

"왜지? 전쟁에서 이겨야 네 동생과 안전하게 살 수 있을 텐데?"

더 나은 미래를 위해서는 이번 전쟁에 목숨을 거는 편이 나았다.

화근이 될 요소를 송두리째 뽑아 내지 않으면, 언제고 다시 같은 위기를 겪게 될 테니 말이다.

그러나 백야차는 생각할 것도 없다는 듯 즉답을 내놓았다.

"전쟁 중에 죽을 수도 있죠."

그리곤 무미건조한 음성으로 뜻을 내비쳤다.

"전쟁에서 이긴들 죽는다면 무슨 소용이겠습니까?"

"……."

람다는 말없이 백야차를 노려보았다.

그 눈빛엔 분노가 가득 어려 있었다.

'나찰은 이기적이다.'

혈족이 관련되면 한없이 이기적으로 변하는 것이 나찰이었다.

그것은 수백 년 전 인간들과의 전쟁에서도 증명된 사실.

그리고 람다는 그 이기적인 나찰들을 증오해 왔다.

'그때 힘만 합쳤더라면…….'

오만하게 굴지 않고 세력을 규합했다면 인간을 이길 수 있지 않았을까?

그랬다면 지금까지의 모든 비극이 한낱 꿈처럼 사라지지 않았을까?

하지만 이내 고개를 흔들었다.

의를 위해 혈족을 버린다는 것은 나찰에게 있어 불가능한 일이었기 때문이다.

"맞는 말이네. 대의를 위해 죽는다고 해도 다른 나찰들이 너에게 감사하다는 말 한마디 하지 않을 테니 말이야."

"이해해 주셔서 감사합니다."

"감사할 필요 없어. 너에게 준 힘을 회수할 생각이 없으니까."

백야차의 표정이 순식간에 굳어졌으나 람다는 오히려 미소를 머금었다.

"차라리 내 가족이 되는 건 어때? 네 여동생과 동료들에게 힘을 줄게. 전선에서도 빼 주고. 대신 나와 같이 이 마을에서 사는 거야."

"……그게 무슨 소리입니까?"

"말했잖아. 내 가족이 되라고."

"이유를 듣고 싶습니다."

"그냥. 가족은 많을수록 좋으니까. 네가 마음에 들기도 하고."

람다의 말에 백야차는 인상을 찌푸렸다.

"제안은 감사하지만, 저희는 이 왕국을 떠날 생각입니다. 안 좋은 기억이 많아서 말이죠."

"조급하게 결정하지 말고 조금 더 고민해 봐."

그리고는 손가락을 튕겨 이스미와 백야차의 동료들에게도 힘을 나누어 주었다.

람다의 돌발 행동에 백야차가 당황해 외쳤다.

"이게 뭐 하는 짓입니까!"

혹을 떼러 들어왔다 더 달아 버린 상황이었으니 말이다.

하지만 람다는 태연했다.

"걱정하지 마. 설령 네가 떠난다고 해도 위치를 발설하는 일은 없을 테니까. 그리고 오해하지 마. 순전히 선의로 준 선물이니까. 동족에게 주는 선물."

"그걸 어떻게 믿죠?"

"글쎄다. 믿고 안 믿고는 너의 선택이겠지."

람다는 미소와 함께 말했다.

"그럼 삼 일 뒤쯤 대답을 줘. 마을에 남든, 떠나든 상관없으니까 부담 갖지 말고."

"……한 가지만 더 물어봐도 되겠습니까?"

"몇 가지 더 물어봐도 되는데."

"이렇게까지 호의를 베풀어 주시는 이유가 뭡니까?"

람다가 자신을 도와줄 하등의 이유가 없었다.

게다가 이따금 다른 혈족을 혐오하는 모습을 보이지 않았던가.

그런 람다가 자신을 돕겠다고 나섰으니 의문이 생길 수밖에 없었다.

그렇게 불신의 눈빛을 람다에게 보낸 찰나.

백야차가 순간적으로 움찔하며 당황해했다.

람다의 얼굴엔 잠시 바라본 것만으로도 가슴이 욱신거릴 만큼 구슬픈 기운이 어려 있었기 때문이다.

처량한 얼굴로 생각에 잠겨 있었던 람다는 고개를 돌리며 나지막이 읊조렸다.

"부러워서."

"네?"

"부러워서 그래. 가족을 찾은 네가."

그것이 람다의 진심이었다.

◆ ◆ ◆

신평의 연무장.

암부와의 회의가 끝난 후 나는 새로운 경지에 익숙해지기 위해 수련을 계속했다.

하지만 곧 큰 문제에 직면하게 되었다.

'대련 상대가 없어!'

지금까지 내가 마음껏 실력을 시험해 볼 수 있었던 것은 이를 받아 주는 할아버지가 있었기 때문이다.

그러나 의지할 존재가 사라진 지금으로선 합을 맞춰 줄 만한 사람이 없었다.

'망했네.'

단숨에 경지를 올린 탓에 적응 기간이 필요한데 말이다.

대장군님에게 부탁해 볼까?

'아니지, 안 돼.'

대장군님에게는 미안하지만, 실력 차이가 크게 나면 연습도 되지 않는다.

그렇게 고민하던 차에 누군가 뒤로 다가왔다.

"수련하러 왔어?"

진한 풍란향.

아린이였다. 그 순간 답답하던 내 가슴이 뻥 뚫리는 기분
이 들었다.

'그래, 아린이라면…….'

음기를 두른 아린이라면 충분히 대련 상대가 될 수 있지 않
을까?

극양신공을 잘 조절한다면 나찰화가 된 아린이도 다칠 위
험이 거의 없을 테니 말이다.

"아린아! 나랑 모의 비무 좀 해 주지 않을래?"

아린이라면 당연히 수락해 줄 것이다.

내 말이라면 뭐든 들어주는…….

"싫어."

"……웅?"

순간 정신이 멍해진다.

아린이가 거절할 줄은 꿈에도 예상치 못했으니까.

"왜? 왜 싫어?"

"네가 다칠 수도 있잖아."

"아니야. 난 절대 안 다쳐."

"살살 해도 되는 거야?"

"아니, 그건 안 되는데."

"그럼 싫어. 상혁이도 나랑 비무하다가 얼마나 오래 입원해 있었는데."

그거야 상대가 상혁이였으니까…….

이후로도 열심히 설득해 보았지만 아린이는 고개를 흔들며 뜻을 굽히지 않았다.

그 단호한 모습에 어떻게든 비무를 진행해야 했던 나는 머릿속에 떠오른 말을 무심코 내뱉어 버렸다.

"대련해 주면 소원 들어줄게."

내가 생각해도 참으로 허접한 제안이 아닐 수 없었다. 어린애도 아니고 부탁을 받아 주는 대가로 소원을 들어주겠다니.

이런 제안이 통할 리가…….

"아무 소원이나 가능한 거야?"

……있네.

아린이의 눈이 반짝반짝 빛나고 있었다.

이 기회를 놓치지 않겠다는 듯이 말이다.

뭔가 불안했으나 이제 와서 무를 수도 없었다.

"당연하지."

"음, 그러면……."

아린이는 심각하게 고민을 하더니 고개를 끄덕였다.

"좋아. 서하가 한 입으로 두말할 리는 없으니까."

해맑은 얼굴로 딴말 못 하게 쐐기를 박는 아린이었다.

그렇다면 나도 몇 가지 당부를 해야겠다.

"대신 너도 전력으로 하는 거다?"

"응. 너도 이번 한 번뿐이니까 괜히 사정 봐주거나 그러지 마."

여부가 있겠습니까.

겨우 타협을 마친 나와 아린이는 몸을 풀며 천천히 비무 준비를 시작했다.

모의 대련인 만큼 안전을 위해서라도 사용할 초식을 사전에 공유하고 또 연습할 시간이 필요했으니 말이다.

그렇게 나름 대비를 갖추고 비무를 시작하려는 찰나.

이른 아침이었음에도 불구하고 연무장은 수많은 무사들로 붐비고 있었다.

게다가 광명대원들은 물론 백성엽 대장군과 국왕 전하까지?

'대체 어떻게 알고 찾아온 거야?'

의문에 대한 답을 찾기까지는 그리 오래 걸리지 않았다.

"자자! 천천히 들어가세요. 왕국 제일검 이서하 선인과 왕국 제일 미녀이자 광명대의 믿음직한 부대장 유아린 선인의 비무! 날이면 날마다 볼 수 있는 그런 비무가 아닙니다!"

정이준의 목소리였다.

"……."

저 새끼였구나.

저 골칫덩어리는 사고를 치지 않는 날이 없네.

"지금 뭐 하냐?"

"세기의 대결을 홍보함으로써 광명대의 금고를 채우고 있

321

습니다. 아, 물론 3할은 제 몫입니다."

도대체 3할이 왜 네 몫인 거냐?

그걸 따지면 한도 끝도 없으니 무시하도록 하자.

그보다는 더 근본적인 의문을 풀어야 했다.

"나랑 아린이가 비무하는 건 어떻게 알고?"

"저도 새벽부터 저기 구석에서 수련하다 잠시 쉬고 있었습니다. 상혁 선배가 오전 수련은 빼먹지 말라고 하셔서."

"하아."

육감에 기운이 감지되긴 했는데, 너무 하찮아 크게 신경 쓰지 않았다.

알파를 어떻게 상대해야 될지 고민하는 것만으로도 머리가 아팠으니 말이다.

그런데 내 방심이 지금의 결과를 만들어 버렸다.

모든 원인이 나에게 있었으니 정이준을 나무라기도 뭐했다.

"그래, 열심히 벌어라."

좋게 생각하자.

이왕 판이 벌어진 김에 나와 아린이의 실력을 무사들에게 보여 주는 것도 나쁘진 않겠지.

사기를 진작시킬 수도 있을 테고.

그렇게 자리로 돌아오니 아린이는 여전히 불만이 가득한 얼굴로 이준이를 바라보고 있었다.

"저거 우리를 이용해 돈벌이하는 거야?"

"아마도?"

"……제가 요즘 덜 맞아서 그런가 미쳐 버렸네."

아린이는 진지하게 말했다.

"끝나고 교육 좀 시켜야겠어."

"그래."

부대장이 대원 교육한다는 데 굳이 반대할 이유가 있을까?

더군다나 새벽에까지 나와 수련하는 이준이에게 아린이의 지도는 더욱 도움이 될 것이다.

전장의 공포를 간접적이나마 경험할 수 있겠지.

절대로 괘씸해서 허락하는 건 아니다.

"그럼 슬슬 시작할까?"

아린이는 고개를 끄덕이고 반대편으로 걸어갔다.

나는 심호흡을 한 뒤 정신을 집중했다.

입신경의 경지에 오르고 처음으로 무공을 사용하는 것이다.

과연 얼마나 성장했을까 하는 기대감과 몸이 잘 따라 주기를 바라는 걱정이 공존했다.

이윽고 아린이가 자세를 잡으며 준비가 되었다는 신호를 보냈다.

'해보자.'

동시에 나와 아린이가 맞부딪쳤다.

그 순간 음기와 양기가 충돌하며 거센 소용돌이를 만들었다.

검격 한 번에 하늘이 갈라지고, 한 걸음 내디딜 때마다 땅이 울린다.

입신경(入神境)의 경지.

신이 된 무인에게 이 세계는 너무나도 연약하게만 느껴졌다.

하지만 만족스럽지 않았다.

무언가 부족하다.

'이대로는…….'

극양신공을 최대로 사용한다고 한들 알파를 이길 수 없다는 확신이 강하게 들었다.

비록 초식 순서를 알려 줬다고는 하나, 같은 경지에 오르지 못한 아린이조차 완벽하게 제압하지 못하고 있으니까.

'이대로면 전쟁의 결과는 불을 보듯 뻔하다.'

100전 100패.

알파를 넘어서지 못하는 이상 몇 번을 싸워도 필패 확정이었다.

그렇게 걱정 가득한 마음으로 마지막 초식을 펼치는 순간이었다.

'……!'

아린이의 음기가 검을 타고 나의 몸으로 흘러들어 오기 시작했다.

처음 경험하는 상황에 당황하는 것도 잠시.

아린이가 나를 밀어내며 멀찌감치 날아갔다.

비무의 끝.

약속된 초식을 전부 사용한 것이었다.

나는 거친 숨을 몰아쉬며 손을 들어 보았다.

'방금 그건……'

도대체 뭐였을까?

그렇게 생각에 빠지려는 순간.

짝짝짝짝짝!

사방에서 박수 소리가 울려 퍼지기 시작했다.

숨을 죽이고 있던 무사들이 감격스러운 얼굴로 연신 손뼉을 마주치고 있었다.

이윽고 백성엽 대장군님과 국왕 전하, 그리고 지율이를 포함한 광명대장들이 뛰어나왔다.

"대단하군. 대단해."

백성엽 대장군은 나의 어깨를 토닥였다.

"입신경의 경지에 올랐다고 하더니 진짜였군. 거기에 부대장의 실력까지. 이번 전쟁, 충분히 승산이 있겠어."

"아, 예……."

기뻐하는 대장군과 달리, 나는 마냥 웃을 수만은 없었다.

오히려 아쉬운 감이 더욱 컸다.

실마리를 잡을 듯했는데 금세 손아귀에서 빠져나가 버렸으니 말이다.

사기를 끌어올리겠다는 소기의 목적을 달성한 것으로 만족해야겠지.

그렇게 아쉬운 마음을 뒤로하며 고개를 돌린 순간.

불편한 듯 한쪽 팔을 잡고 있는 아린이의 모습이 시야에 담겼다.

"괜찮아? 어디 다친 거야?"

"걱정하지 마. 귀혼갑 입어서 괜찮아. 비무에서 이 정도 타박상은 흔하잖아."

아린이는 애써 팔을 휙휙 휘젓다가 미소를 지으며 말했다.

"그런데 비무는 어땠어? 원하는 답은 찾았어?"

"어? 어. 찾았어."

부정적인 답이지만 말이다.

하지만 아린이를 비롯해 다른 무사들을 실망하게 할 수는 없었다.

저들에게 있어서 나는 할아버지의 죽음 이후 유일한 희망이니까.

물론 아예 소득이 없는 것도 아니었다.

내가 알지 못했던 무언가가 있음을 확인했으니까.

"고마워, 아린아. 덕분에 큰 도움이 됐어."

감사 인사에 아린이는 잠시 볼을 붉히더니 조심스레 입술을 열었다.

"그럼 소원 말인데……."

"아, 맞다. 소원. 그래, 아무거나 말해 봐."

약속은 지켜야 하니 말이다.

그렇게 아린이의 소원이 무엇인지 들어 보려는 찰나.

"대장군님!"

한 무사가 황급히 달려오더니 대장군의 귀에 대고 속삭였다.

소란스러운 상황이었음에도 나는 무사의 말을 똑똑히 들을 수 있었다.

"설련화라는 사람이 급히 대장군님을 찾고 있습니다."

직후 내게로 시선을 보내는 대장군에게 고개를 끄덕여 보였다.

설련화.

그녀가 돌아왔다는 뜻은······.

"람다의 위치가 특정되었군요."

까먹고 있었다.

나 때문에 죽을 쒀서 그렇지, 원래 암부는 맡은 일을 절대 실패하지 않는 것으로 유명했다는 것을.

예담과 대화를 나누었던 한밭의 창고.

그 안에는 책상 위에 발을 올린 채 손가락으로 머리를 돌돌 말고 있는 한 여자가 있었다.

설련화였다.

나와 대장군이 들어왔음에도 일말의 반응조차 보이지 않

는 모습.

그녀는 국왕 전하가 내부에 들어서고 나서야 겨우 고개를 돌렸다.

"일찍 일어나 계셨네요, 전하?"

벌떡 일어난 그녀는 자기가 앉아 있던 자리를 가리키며 말했다.

"자자, 여기 데워 놓았습니다. 앉으시죠. 전하."

신유민 전하는 저길 앉아야 하냐는 듯이 나를 힐끗 바라보았다.

항상 여유 넘치던 것과 달리 지극히 당황한 얼굴.

뭔가 재밌다.

나는 모르는 척 의자를 가리키며 말했다.

"그래도 성의가 있으니 앉으시죠."

"……그래, 그럼."

신유민 전하가 상석에 착석하자 설련화가 태연하게 주변을 돌아보기 시작했다.

"그럼 나는 어디에 앉아야 할까나~."

직후 그녀의 눈빛에 음흉한 기색이 어렸다.

"여기가 좋겠네."

말이 끝나기 무섭게 전하의 허벅지 위에 앉는 설련화.

어지간히 미친 여자가 아니었다.

"아니……!"

신유민 전하가 기겁한 것도 동시였다.

당황을 넘어 두려움까지 느껴지는 얼굴.

거칠게 설련화를 밀어내 보지만, 허벅지 위의 그녀는 꿈쩍도 하지 않았다.

일반인이 무인을 밀어내는 건 불가능한 일이었으니 말이다.

지켜보는 입장에선 상당히 재밌는 일이었다.

항상 평온 그 자체인 전하가 당황해하는 모습을 언제 또 볼 수 있을까.

하지만 장난은 여기까지다.

"거기까지 했으면 됐습니다. 그만하시죠."

이대로면 대화가 안 될 테니 말이다.

내가 설련화를 끌어내자 신유민 전하가 깊은 한숨을 내쉬었다.

"에이."

"이제 본론으로 들어가 보고를 해 주시죠."

"그래요. 오늘은 이 정도만."

못내 아쉽다는 듯 혀를 찬 설련화가 장난기를 지우며 입을 열었다.

"그럼 요청하신 내용에 대해 말씀드리죠. 다행히도 람다는 지금 다른 나찰들과 떨어져 혼자 지내고 있습니다."

듣던 중 반가운 소리였다.

람다가 다른 나찰들과 딱 붙어서 행동했다면 그녀를 제거하는 것이 쉽지 않았을 테니 말이다.

이윽고 설련화는 쪽지 두 장을 나에게 밀었다.

"첫 번째는 현재 람다의 위치. 두 번째는 그곳에 사는 이들의 수입니다."

나는 즉시 쪽지를 펼쳐 내용을 살폈다.

'만백산?'

이곳은 나에게도 익숙한 장소였다.

할아버지의 애완묘(?) 설산비호가 터를 잡고 있는 곳이었으니까.

람다가 여기에 있다는 것도 놀랄 일이었지만, 내 시선을 잡아끄는 사실은 따로 있었다.

인간 수백과 더불어 수십의 나찰이 함께하고 있다는 것.

이를 토대로 보자면…….

"병력을 모으고 있는 겁니까?"

"거기까지는 모르죠. 궁금하면 직접 확인해 보세요."

단호하게 딱 잘라 말하니 조금은 아쉬운 감이 들었다.

더 많은 정보가 들어왔다면 판을 짜기에도 수월했을 테니 말이다.

하지만 설련화의 입장도 충분히 이해가 갔다.

정보원의 역할은 여기까지.

나머지는 작전을 수행하는 내가 짊어져야 할 일이었다.

"그런데 중요한 게 빠졌군요. 북대우림 안에 있을 은월단의 근거지는 찾았습니까?"

"그건 말이죠."

설련화는 어깨를 으쓱했다.

"모릅니다."

"네? 모른다니요? 그게 무슨 말입니까?"

이게 대체 어찌 된 영문일까?

그런 의문을 해소하듯, 설련화의 음성이 계속해서 이어졌다.

"경계를 하는 건지 뭔지 알려 주질 않는다고요. 어딘지를 알아야 잠입도 할 텐데."

"그렇군요……."

예상치 못한 난관에 부딪혔다.

암부의 도움을 받아 유리한 고지를 점하려 했던 계획이 한순간에 물거품이 되어 버렸으니 말이다.

'암부를 아직 같은 편으로 인정하지 않은 것인가?'

정해우라면 그럴 가능성이 높았다.

숨을 죽이고 큰 그림을 그려 왔던 사람이 아니던가.

혹여 모를 사태에 대비해 작은 점까지 세세하게 신경 쓰고 있겠지.

'어쩔 수 없네.'

이 정도로 만족할 수밖에.

아무리 암부 최강의 암살자라 해도 북대우림을 혼자 탐색해 달라는 건 자살 행위를 요구하는 것이나 마찬가지이니 말이다.

"알겠습니다. 수고하셨습니다. 덕분에 큰 도움이 되었어요."

"정말인가요, 전하?"

감사 인사는 내가 했는데, 정작 전하에게 되묻는 설련화였다.

그 탓에 잠시 멍하니 있던 신유민 전하는 엉겁결에 고개를 끄덕였다.

"큰 도움이 되었습니다. 이 점에 대해선 감사하다는 뜻을 전합니다."

"그럼 다행이고요. 저도 얼굴 봐서 좋았어요. 전하."

"……."

손 뽀뽀까지 하며 만족을 표하는 모습에 나와 전하는 순간적으로 할 말을 잃었다.

반면 대장군은 마뜩잖은 얼굴로 설련화를 노려보며 나지막이 읊조렸다.

"……범죄자년이 국왕 전하에게 추태를 부리다니. 말세로다."

설련화는 그런 대장군의 말을 신경도 쓰지 않는다는 듯 오히려 미소를 보여 주고는 밖으로 나갔다.

완전히 말려 버렸네. 우리 대장군님.

위로 좀 해 드려야겠다.

"너무 걱정하지 마세요. 저런다고 저 여자가 중전이 될 일은 없지 않겠습니까?"

"하긴 그렇지. 전하께서 미치지 않고서야……."

"왜 안 될 거라 생각하십니까?"

순간 잘못 들었나 생각했다.

하지만 저 진지한 얼굴을 보고 있자니 농담이라고는 생각할 수가…….

"큰일 앞두고 농담 좀 해 봤습니다."

"하아."

안도의 한숨이 절로 나온다.

저런 망나니가 국모가 되는 건 상상만 해도 끔찍하다.

절대 안 되지. 절대로 안 되고말고.

그렇게 안도하는 사이 난데없는 긴장감을 불어넣은 신유민 전하가 입을 열었다.

"하지만 누구라도 중전이 될 수 있다는 뜻은 거짓이 아닙니다. 신분 제도를 없애기 위해서는 가장 높은 곳부터 시작해야 할 테니까요."

지극히 신유민 전하다운 생각이었다.

"물론 무엇보다 제가 사랑하는 사람이어야 하겠지만."

잠깐.

그럼 신유민 전하가 사랑하는 대상에만 포함되면 설련화 같은 여자도 중전이 될 수 있다는 건가?

에이, 설마.

그럴 리 없겠지.

아니, 눈에 흙이 들어와도 절대 내버려 둘 수 없다.

그렇게 뜻밖의 고민을 마주하고 있을 때, 신유민 전하가 표정을 굳히며 화제를 바꾸었다.

"농은 여기까지 하도록 하고. 언제 출발할 것이냐?"

"오늘 바로 출발해야죠. 보고서의 내용대로라면 대군을 끌고 갈 필요는 없을 거 같습니다."

수십의 나찰이 있다곤 하나, 상상 이상으로 강한 전력은 아니었다.

알파나 로, 백야차 수준의 강자는 없을 테니까.

그렇다면 굳이 눈에 띄게 대군을 움직일 필요는 없었다.

"저랑 아린이, 그리고 광명대의 대장들만 데리고 가겠습니다."

"상대는 위대한 일곱 혈족인데 괜찮겠느냐?"

신유민 전하가 걱정스럽게 물었다.

그에 대답은 내가 아닌 대장군님의 입에서 흘러나왔다.

"이서하 찬성사라면 괜찮을 겁니다. 유아린 부대장이 함께라면 더더욱 그렇겠죠. 오히려 우리 같은 평범한 무사들이 가는 게 방해될 겁니다. 전하께서도 비무를 보시지 않으셨습니까?"

"그렇군요. 대장군님의 말씀이 옳습니다."

전하의 허락이 떨어지자 대장군님이 내 어깨를 토닥였다.

"잘 부탁하네, 이서하 찬성사. 그대가 이 왕국의 미래이니."

"꼭 성공시키고 오겠습니다."

그렇게 다시 한번 마음을 다잡으며 밖으로 나서려는 순간.

"서하야, 잠시만 기다리거라."

신유민 전하가 나를 멈춰 세우고는 품속에서 서신 한 통을
꺼냈다.

"가능하다면 이걸 람다에게 전해 줄 수 있겠느냐?"

"이게 무엇입니까?"

"그녀에게 보내는 제안서다."

슬쩍 바라보니 총 세 장의 서신이 들어 있었다.

아침 일찍 연무장에 나오셨던 것도 밤새 람다를 설득할 방
법을 고민했기 때문인가?

그렇다면 전하의 노력을 거절할 이유는 없다.

하지만 확실히 해 두는 것도 좋겠지.

"만약 람다가 읽어 보지도 않는다면요?"

"그러면 어쩔 수 없지. 서하 너를 위험에 빠트릴 수는 없으
니까. 하지만 만약 그걸 읽고 고민의 의사를 내비친다면, 시
간을 줬으면 좋겠구나."

"지원을 기다리는 것일 수도 있습니다."

"그래도 하루 정도는 기다릴 수 있지 않겠느냐?"

"……알겠습니다."

마지못해 전하의 뜻을 받아들였다.

밤을 새워 가며 방안을 고민하셨을 노력에 재를 뿌리고 싶
지 않았으니까.

그리고 아무리 나찰이라 하더라도 기습적인 공격에 하루
만에 반응하지는 못하리라.

기습이 있었다는 정보가 전달되는 데에만 하루는 걸릴 테
니 말이다.

"그럼 다녀오겠습니다."

"무운을 비네."

그렇게 나는 위대한 일곱 혈족, 그중 하나를 더 죽이러 간다.

〈20권에 계속〉